华夏文库

经典解读系列

人鬼情未了

——《聊斋志异》的爱情故事

严晓宇 著

中原出版传媒集团
大地传媒
海燕出版社

“华夏文库”发凡

毫无疑问，每一个时代都有属于自己时代的精神追求、文化叩问与出版理想。我们不禁要问，在21世纪初叶，在全球文明交融的今天，在信息文明的发轫初期，作为一个中国出版人，我们正在或者将要追求什么？我们能够成就或奉献什么？我们以何种方式参与全球化时代的文化传播进程？在一连串的追问下，于是，有了这套“华夏文库”的出版。

自信才能交融。世界各大文明在坚守自身文化个性的同时，不约而同地加快了探视其他文化精神内涵的步伐，世界不同文明正在朝着了解、交流、碰撞、借鉴与融合的方向前进。在此背景下，建立自身的文化自信，正是与世界各文明民族进行文化交流的基本要求。五千年中华文明与文化正在不断地被其他文明所发现、所挖掘、所认知，汉语言正在生长为世界语言，儒文化正在世界各地生根发芽。借助这样一种正在成长着的文化自信、自觉、开放、亲和之力，用我们这个时代的学术眼光全面系统梳理中华五千年的文明与文化，向其他各大文明与文化圈正面展示自我，让中华优秀文化成为世界文化的重要组成部分，正是我们出版这套文库的目的之一。此其一。

知己才能知彼。身处五千年文化浸润的今天，重新思考我们先人的人生思考、价值思考与哲学思考，找到一个民族、一个国家的价值所在、立命所在、安身所在，这已经是我们这个时代的学人与出版人不得不再思考的问题。作为中华文明的一分子，我们在思考的同时，还必须了解我们的先人创造了如何优秀的精神文明与物质文明以及社会文明。只有熟知自己的文化，热爱自己的文化，悟明自己的文化，我们才能宣说自己、弘扬自己、光大自己。因此，我们策划组织这套“华夏文库”的初衷，还在于让当下的知识青年全面系统瞭望中华文明与文化的全景，并借此能够对更为深广的世界各民族文化提供一个比较认知的基础。此其二。

顺势才能有为。我们正处在农耕文明、工业文明、信息文明的交会处，信息文明带领我们从读纸时代进入读屏时代，以智能手机屏幕为代表的书籍呈现方式正在与纸质书籍争夺阅读时间与空间。我们正在领悟数字技术，正在以信息文明的视角，去整理、分析和研究农耕文明与工业文明的文化遗产，不仅仅是为了唤醒优秀的传统文化，我们还在生发和原创着当今时代的文化。由此，我们试图架起一座桥梁——由纸质呈现而数字呈现，由数字呈现而纸质呈现，以多媒介的书籍呈现方式，将文字、图像、声音与视频四者结合，共同筑成“华夏文库”，以奉献给信息文明时代的新读者。此其三。

总之，这是一套——专家大家名家写小书；以最小的阅读单元，原创撰写中华精神文化、物质文化与社会文明系列主题与专题；以图文、音视频多媒介呈现的方式，全面介绍与传播中华文明与优秀文化，系统普及与推介中华文明与文化知识；主旨是为了让世界与中国共同了解中国的——大型丛书，借此，复兴文化，唤起精神，融入世界。

耿相新

2013年6月27日

前 言

1640年至1715年的这段时期里，英国顺利完成了资产阶级革命，法国国王路易十四在位并使法兰西成为当时欧洲最强大的国家，此时的中国也正享受着康乾盛世的空前繁荣。七十六年的时间，说长也长，说短也短，长到足以见证一个朝代的兴起和没落，短到不够承载一个家族的喜乐与忧伤。而历史上的这七十六年在一位名叫蒲松龄的读书人那里，则由他毫不吝啬地倾其大半人生，创作了至今闪耀于世界文坛的短篇小说巨作《聊斋志异》，后人亦因此亲切地称他为“聊斋先生”。

明崇祯十三年（1640）四月十六日晚，山东淄川蒲家庄的商人蒲盘做了个奇怪的梦：一个身披袈裟、瘦骨嶙峋的和尚，一步一晃地走进了他妻子所居的内室，和尚胸前还有一块铜钱大的膏药。蒲盘一下子惊醒了。这时，他听到了婴儿的啼哭声，原来是他的第三个儿子出生了。蒲盘惊奇地发现，新生儿的胸前有块青痣，痣的大小、位置与和尚胸前的膏药完全一致。苦行僧转世，是蒲松龄在《聊斋自志》中记述的故事而已。用苦行僧来形容蒲松龄的人生，最合适不过了。他曾写过一首诗《日中饭》，其中有“大男挥勺鸣鼎铛，狼藉流饮声枨枨；中男尚无力，携篮觅箸相叫争；小男始学步，翻盆倒盏如饿鹰。弱女踯踯望颜色，老夫感此心茕茕”这样的句子。生活之苦，满眼可见，也只是他必须修炼的一部分。科考之苦，才是他心里一辈子的痛。十九岁就成为秀才，一直到七十二岁，才补了个贡生。在这些年中，郁郁不得志的他，是否有一天真正快乐过？或许我们该感谢那些不懂得欣赏他的腐朽考官，也许政坛上的确少了一位清正廉洁的好官，但正因如此，文坛上才多了他这位光芒四射的巨匠。

一部作品的思想性通常是作家思想的反映，冯镇峦曾说：“读《聊斋》如闻名儒讲学。”正是由于蒲松龄自小接受的便是儒家教育，所以作品中体现出的儒家思想也是随处可见：仁政爱民、造福一方百姓的土地爷王六郎；为尽孝甘愿做鬼、感动天帝的大孝子祝生；对外贼大打出手、对正妻逆来顺受的小妾……无一不是儒家文化所极力倡导的。至于儒家文化所极力批判的，他也必给予无情的鞭挞。尽管如此，蒲松龄所处的时代已到了封建社会晚期，进步的时代思潮还是对他的思想产生了冲击，自然在作品中也会有所体现，至死不渝的感情就是最大的突破。情摆脱了礼的束缚，它能够超越一切、战胜一切，即便是生死之界，这也是我最爱它的地方。

一千个读者就有一千个哈姆雷特，每个人心里也都有自己的《聊斋志异》。作为一名女性，我更愿意从女性独特的视角，走进他们的情感世界，开心的、难过的甚至是痛不欲生的，我都想感受。人鬼情未了，这便是我心中的《聊斋》。

严晓宇

癸巳年七夕夜

目 录

一 凄美爱情篇

二 神鬼梦幻篇

三 狐仙狐魅篇

四 醒世警世篇

詳註聊齋志異圖詠卷一

淄川 蒲松齡 留仙 著　　文登 呂湛恩 叔清 註

考城隍

余姊夫之祖宋公諱燾。邑廩生。一日病臥。見吏持牒。牽白顛馬。詩秦風有馬白顛傳白顛頭有白毛今謂之的顙來云請赴試。公言文宗詩源指訣陳子昂作感遇詩三十首王適見之曰海内文宗也未臨。何遽得考。吏不言。但敦促之。公力疾乘馬從去。路甚生疏。至一城郭。如王者都。移時入府廨。宮室壯麗。上坐十餘官。都不知何人。惟關壯繆漢後帝建興七年追謚帝壯繆宋高宗建炎三年加封壯繆義勇武安王孝宗淳熙十四年加封壯繆義勇武安英濟王郭子章謂繆與謬通可識。簷下設几墩各二。先有一秀才坐其末。公便與連肩。几上各有筆札。前漢司馬相如傳請為天子遊獵之賦賦成奏之上許令尚書給筆札按札木簡之薄者也又櫛也編之櫛次相比也見釋名俄題紙飛下。視之。八字云一人二人。有心無心。二公文成。呈殿上。公文中有云。有心為善。雖善不賞。無心為惡。雖惡不罰。諸神傳贊不已。召公上。諭曰。河南缺一城隍。王敬哉冬夜箋記城隍之名見於易若廟祀則莫究其始記曰天子大蜡八伊耆始蜡注伊耆堯也蓋蜡八神水庸居七水隍也庸城也此正祭城隍之始。按城隍廟之神邱文莊以為祀於開元之後不知蕪湖建祠昉於赤烏武陵修祠著之民吏困學紀聞云北齊慕容儼鎮郢城時城中先有神祠號城隍神則六朝已有之矣君稱其職。公方悟。頓首泣曰。辱膺寵命。何敢多辭。但老母七旬。奉養無人。請得終其天年。韓策老母今以天年終惟聽錄用。上一帝王像者。即令稽母壽籍。有長鬚吏捧冊翻閱一過。白有陽算九年。共躊躇間。關帝曰。不妨。令張生攝篆。漢許慎說文解字叙秦書有八體及新莽居攝使大司空甄豐等校文書之部時有六書二曰篆書即小篆也下杜人程邈所作五曰繆篆所以摹印。攝篆謂攝其印即所謂繆篆也九年。瓜代左傳莊八年齊侯使連稱管至父戍葵邱瓜時而往曰及瓜而代可也。乃謂公。應即赴任。今推仁孝之心。給假九年。及期當復相召。又勉勵秀才數語。二公稽首並下。秀才握手。送諸郊野。自言長山張某。以詩贈別。都忘其詞。中有有花有酒春常在。無月無燈夜自明之句。公既騎。乃別而去。及抵里。豁若夢寤。時卒已三日。母聞棺中呻吟。扶出。半日始能語。問之長山。果有張生。於是日死矣。後九年。母果卒。營葬既畢。浣濯入室而沒。其岳家居城中西門

《详注聊斋志异图咏》书影（据民国印本）

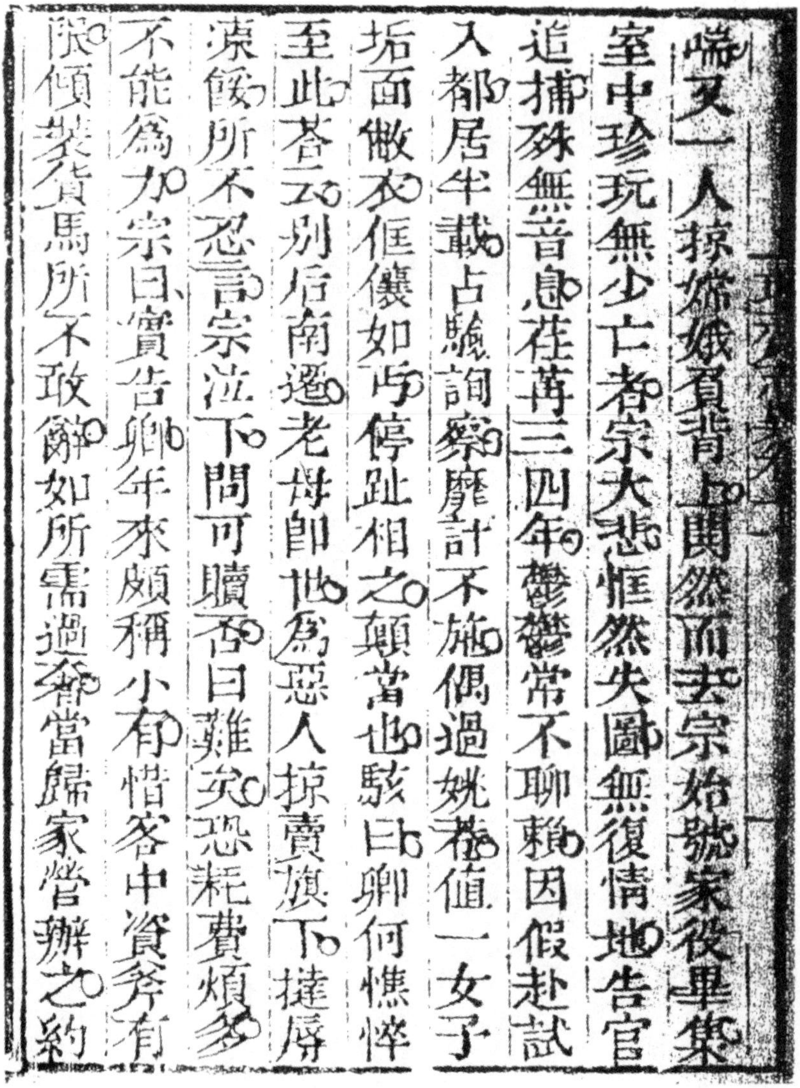
喘又一人掠嫦娥負背上閧然而去宗始號家役畢集
室中珍玩無少亡者宗大悲怛然失圖無復情地告官
追捕殊無音息荏苒三四年鬱鬱不聊賴因假赴試
入都居半載占驗詢察靡計不施偶過姚巷值一女子
垢面敝衣傴僂如丐停趾相之顛當也駭曰卿何憔悴
至此荅云別后南遷老母即世為惡人掠賣旗下撻辱
凍餒所不忍言宗泣下問可贖否曰難矣恐耗費煩多
不能爲力宗曰實告卿年來頗稱小有惜客中資斧有
限傾裝貨馬所不敢辭如所需過奢當歸家營辦之約

《聊斋志异》书影（据清青柯亭初刻本）

一

凄美爱情篇

珊瑚（据清刊本《评注聊斋志异图咏》插图）

真爱生死恋

——连城和乔生的一世情缘

缘分真是一种很奇妙的东西，它像一块磁铁，把你和有缘人慢慢拉近，无论是朋友还是敌人。连城和乔生就是一对有缘人，他们在蒲松龄笔下的《连城》中遇到彼此，也注定了他们的一世情缘。

云南晋宁有个姓乔的读书人，自小就满腹才情。可奇怪的是，二十多岁了仍没有成就功名。他与一姓顾的书生十分要好，后来顾生不幸去世了，乔生便常常去照顾他的妻子儿女。当地有个史姓孝廉，女儿连城绝对算得上大家闺秀，擅长刺绣又精通诗书，故史孝廉对她极为宠爱。连城到了该谈婚论嫁的年龄，史孝廉拿出女儿绣的《倦绣图》，请众少年题诗，想以此来选个有才华的女婿。乔生也来献诗一首："慵鬟高髻绿婆娑，早向兰窗绣碧荷。刺到鸳鸯魂欲断，暗停针线蹙双蛾。"随后他又专门另写了一首诗称赞连城绣工的精妙。拿着这两首诗，连城发自内心地欢喜，欢喜乔生读懂了自己的心，欢喜自己终于遇到了知己。她极力向父亲夸赞乔生，说他很有才华。但是，即便乔生再有才华，也根本过不了史孝廉那一关，因为乔生家很穷，而史孝廉真正想找的是一个有钱的女婿。此后，连城逢人就夸乔生，还暗中派人以父亲的名义赠金相助，作为乔生读书的费用。这让乔生非常感动，时常感叹："连城真是我的知己啊！”自此对连城倾怀相思。

不久，连城被父亲许配给盐商的儿子王化成，乔生绝望了，连城也因此一病不起。不知从哪儿来了一位西域僧人，说自己能治连城的病，但必须要用男子胸上的肉一钱拌到药丸中。史孝廉连忙派人去找王化成，王化成一听要割自己的肉，冷言冷语地拒绝了。史孝廉大怒，他放出话去，谁肯割肉治好连城，就把女儿许配给他。乔生知道后，立刻来到乔家，二话没说，割下胸口的肉救了连城。就在史孝廉打算履行诺言，把女儿嫁给乔生时，王家出来捣乱，欲以史孝廉悔婚的罪名去告官，史孝廉因而背信负约，连城和乔生的婚事只好作罢。听闻此事的连城心中倍感绝望，就托佣婆安慰乔生说：“以你的才华，定不会长久落于人后，将来必有更好的人来陪伴你，我做了个不祥之梦，三年内必死，你也不必与他人争我这将死之人。”乔生对此也是无可奈何，便托佣婆转告连城，倘若路途偶遇，希望连城能为自己一笑。几天后，乔生外出时，两人果在路上相遇，连城启齿嫣然一笑，尽显真情。

没过多久，王家派人来议亲，引得连城旧病复发，数月后就去世了。乔生前去吊唁，竟也大恸而亡。在阴间，乔生遇到了以前的好友顾生，原来顾生在阴司的衙门工作，主管文书案卷。两人在此相遇着实吓了顾生一跳，乔生向顾生说出了自己的心事：想要找到连城。于是顾生带着乔生四处寻找，辗转多处，最后在一处残垣断壁旁找到了连城，与连城在一起的还有一个叫宾娘的女子。见到乔生，连城大喜过望，两人互诉衷情。乔生告诉顾生：“有事君自去，仆乐死不愿生矣。但烦稽连城托生何里，行与俱去耳。”活着的时候不能在一起，死后必须追随着连城，这就是乔生的真心。他们的真情感动了顾生，于是顾生为他们争取到了同返阳间的机会。两人大喜，正要拜别顾生，一旁的宾娘却大哭起来，请求将她也一同带走。顾生又去乞请阴间之主，但这次未获应允，宾娘悲伤不已。无奈之下，顾生自作主张，让宾娘和他们一起回到阳间。

宾娘的家乡在湖南，乔生和连城要回晋宁，于是他们就此分开。归途中，连城让乔生还魂之后去史家索要她的尸身，放在乔生家，以此使史家不能反悔。两人回到乔家的厢房，缱绻了三天之后，乔生方才在连城的催促下还魂。直到此时，乔生与连城叫家人请史孝廉来，说要连城的尸体，承诺自己定可以让她复活。史孝廉大喜，马上照做。连城果然苏醒过来。还魂后的连城告诉父亲，自己已委身乔生，如父亲再反对，自己只有再死一次。史父只好同意了她。可王家听说连城复活，又厚着脸皮，写了状子告到官府。官府因为受了王家的贿赂，便把连城判给了王家。乔生满心悲愤，却又无计可施。连城心里亦是痛苦得要命，她到王家之后，不吃不喝，一心求死。眼看连城一天天虚弱，王家害怕了，只好将连城送回史家，史家又把连城抬去了乔家，连城这才慢慢恢复了元气。直到此时，乔生与连城这场刻骨铭心的爱恋方才修成正果。

一边是顽固守旧的封建家长，一边是真心相爱的痴男怨女，两股力量正面相撞，无论哪一方，都会受到伤害。乔生和连城一度经历了人间相遇相知的知己恋、鬼魂相报订终身的生死恋和返还人间终相守的圆满恋。从生到死，从死又到生，乔生始终追随连城，连城也始终心系乔生。为了爱情，他们超越了贫富的差距，战胜了封建家长的阻拦，甚至跨越了生死的界限。问世间情为何物，直教人生死相许，他们完美演绎了一出将爱进行到底的生死恋歌。

如此一场轰轰烈烈的恋爱，应该让无数痴情少女为之动容吧。不只为他们的轰轰烈烈，更为他们爱得纯洁。没有生理上的见色起意，完全是精神上的情投意合，这样的爱情是高尚的、纯洁的，更是牢固可靠的，比起那些“颠倒衣裳”的俗世情感，这样的情感显现出了绝对的进步性。

就在我们羡慕这种知己之恋时，蒲松龄做出了如下的评价：

“一笑的知己，把身相许，世人或许会笑他痴。那以前汉高祖时期，为田横死的五百人，难道都是愚蠢的吗？因为是知己才可贵，贤人豪杰，才会结交知己。环顾茫茫海内，那些锦绣人才，仅仅倾心于女子的一笑，可悲呀！”他要用这样的一段话告诫世人，不要成为愚蠢之人。对于仅仅一笑的倾情，他始终觉得没什么价值，为这种感情着迷的人，也实在有点可悲。蒲松龄看中的是知己之爱，是心灵相通，“一笑之知，许之以身”的人并不可笑。士为知己者死，不仅适用于友情，同样适用于爱情。

乔生和连城是幸运的，因为他们最终在一起了。有多少人战胜了苦难却还是会分开。有的人是只能共患难，不能同富贵；有的人只能同富贵，不能共患难。说到底，他们只是你人生中的过客，那就让他淡淡地来，淡淡地去。真正属于你的知己一定就在不远处等着你。

为爱痴狂

——张生和鲁公女的前世今生

一个人的爱情注定笑中带泪，相互爱着的两个人也许还有明天。但若是这深情已超越了生死，还有什么会将其阻隔？有些人为爱而生，有些人为爱而死，冥冥之中一切看似偶然，实为必然。生死轮回之后，也只为寻找前世的爱人。

招远县有个书生叫张于旦，性情放荡不羁，平日寄身于一座荒庙读书。招远县县官鲁公有一个女儿，非常喜欢打猎。有一次，张生在野外偶遇鲁公女，见其风姿娟秀，翩然若画，久久不能忘怀。后来闻知鲁公女的死讯，张生悲痛欲绝。招远县距鲁公老家很远，鲁公便把女儿的棺材暂存在张生读书的破庙里。

张生每天都到鲁公女灵前祭拜，并诉说思念之情："我对你一见倾心，可如今却阴阳相隔，活着的人必然要受礼法约束，你死了该没那么多禁忌了吧！若你泉下有灵，就来安慰一下我的思慕之情吧！"张生日日如此，终于感动了鲁公女的亡魂。半个月后的一个晚上，张生正在读书，忽一抬头，见鲁公女含笑立于灯下。鲁公女对他说："感君之情，不能自已，遂不避私奔之嫌。"张生大喜，两人遂共相欢好。之后，鲁公女每晚都来私会。她告诉张生自己生前以射杀麋鹿为快事，杀业深重，死后才会魂无归所，望张生为她诵读《金刚经》，她将永生永世不忘。张生同意了，从此夜里便常常到她的灵柩前诵经。

有一年，省里开科考试，张生本打算去试试，鲁公女说他福气薄，此去只是徒劳，张生也就放弃了。又过了四五年，鲁公被罢了官，生活窘迫，穷得连运走女儿棺材的钱都没有，因此打算将女儿的灵柩就地埋葬。张生知道这事后，就说自家在庙旁有块地，愿作为他女儿的葬地。鲁公大喜，十分感激张生，却又不知道他这么做是为了什么。鲁公回乡后，张生与鲁公女两人仍然欢好如初。一天夜里，鲁公女泪如雨下："你我就要分别了，你为我念满了经数，我才得以托生到河北卢户部家，你的大恩大德，无以为报。若你不忘今天的情意，十五年后的八月十六，请你到卢户部家与我相会。"张生无比伤心，但还是将她送走了。回到庙里，张生知道诵经还有如此神奇的功效，于是也开始虔诚修行，夜里还梦到神人为他指点迷津。

三年后，张生的两个儿子相继高中，生活一下显贵起来，可他仍坚持修行。他的虔诚感动了神明，有天晚上张生做了个奇怪的梦，梦到一个神仙为他延长寿数。从此，张生便返老还童，回到了十五六岁的状态。不久，他的夫人去世了，儿子们打算给他娶大户人家的女儿做继室，张生却执意要先去趟河北。原来，他和鲁公女约定的日子到了。

早先，卢公生了一个女儿，聪明漂亮，招人喜爱。很多富家公子来求亲，都被她拒绝了。在父母的追问之下，她才说出了那段前世姻缘。父母都说她傻，张生如今早已年过半百，就算还活着，也是老头了。女儿不听，还是等着。卢公只好吩咐看门的不要向女儿通报来往的客人，过了约期，她自然就绝望了。没过多久，张生真的来找鲁公女，看门的却不通报。张生气愤，就去郊外一边散心，一边顺便打探鲁公女的消息。转世到卢家的鲁公女以为张生负约，伤心欲绝。卢公很忧心，想知道张生到底是何许人也，竟令女儿如此魂牵梦萦。于是托词郊游，正好碰上张生。一看是一少年，而且风流倜傥，便邀张生到家里。鲁公女高兴地跑出来见他，却因眼前人长得不像张生而认为父亲骗她，因此终日哭泣，几天之后竟然伤心而死。死后，她来到张生的梦里询问原因，在梦里寻得了真相的鲁公女，让张生赶紧去土地祠召回自己的灵魂，晚了就来不及了。张生醒来，急忙跑去卢公家，把他的梦告诉了卢公。一听这话，卢公马上去土地祠为女儿招魂。不多时，鲁公女真的活了过来。卢公高兴极了，摆酒设宴款待张生，待知道张生也是巨族大户后，欣然同意两人的婚事，并亲自为女儿选了良辰吉日，让他们成了亲。

自古至今关于鬼神的传说从未断过，鬼基本上是阴险、恐怖、邪恶的代名词，令人闻之发怵。而在鲁公女的身上我却看到了勇敢、坚持的可爱精神。相传，人死之后会先到鬼门关，出了鬼门关就上了黄泉路，路两旁开满了只见花不见叶的彼岸花，黄泉路的尽头就是忘川河，在黄泉路和冥府之间，就靠这条忘川河为之划界。忘川河水呈血黄色，里面尽是不得投胎的孤魂野鬼，虫蛇满布，腥风扑面。河上有一座传说中的奈河桥，桥分三层，越下层越凶险。走过奈河桥的鬼魂来到了望乡台，望乡台旁边有个孟婆亭，走到这里的每个人都要喝一碗孟婆汤，喝过之后就会忘记今生的一切，无牵无挂进入下一世轮回。

有些人不愿忘记今生所爱，坚决不喝孟婆汤，唯一的办法就是跳入忘川河，在河中浸泡千年，为铜蛇铁狗咬噬，受尽折磨不得解脱。千年之中，你爱的人在你眼前一遍一遍地走过奈河桥，一次一次地喝下孟婆汤，你看得见他，他却看不到你。而你能做的只是等待和忍耐，等待千年后的轮回，忍耐无能为力的苦痛。千年之后，若此心不变，还记得前生往事，便可重返人间，寻找前生的最爱。

鲁公女为了这段感情、这份约定，不惜在忘川河里忍受千年的痛苦折磨，只为不忘今世的情，愿生死轮回之后与张生共结连理。光凭这份执着与坚守，就不是任谁都能做到的，恰好给今人浮躁的感情、浮躁的心以指引，这也正是女鬼的可敬可爱之处。

面对爱情，我们不要轻言放弃，轻易就被摧毁的又怎么能算爱情呢？总会有一个人值得你为他（她）痴狂，如果你已遇到了今生的至爱，就请好好守护对方，也许他（她）为与你再度拥抱，已在忘川河中忍受了千年。

“傻人”有傻福

——阿宝和孙子楚的曲折爱情

这世上的“痴人”太多，痴迷于一切能痴迷的东西。对于感情的痴尤其能引起人与人之间的共鸣：白蛇对许仙的千年之恋是痴，杜丽娘对柳梦梅的一往而深是痴，卓文君对司马相如的“愿得一人心，白首不相离”更是痴……每一份痴情都让人感动，每一种纯粹都让人感叹，若此生能遇到一个如此真心待自己的人也就够了。《阿宝》中孙子楚对阿宝的爱恋又何尝不是一种痴？只是他的痴更加“前无古人，后无来者”。

孙子楚是个读书人，生来就比别人多根手指，为人木讷。大家经常戏弄他，还给他起了个外号“孙痴”。阿宝，城里富商家的女儿，绝色美人也。父亲天天为阿宝挑选夫婿，上门来求婚的人不少，但他一个也没看上。孙子楚那时刚死了妻子，有人戏弄他劝他去向阿宝家求婚，他想都没想就让媒婆求亲去了。阿宝父亲当然不同意。媒婆出门时，刚好遇到阿宝。得知是孙子楚来提亲，阿宝便开玩笑说：“婆婆你告诉他，如果他肯砍去多余的那根手指，我就嫁给他。”媒婆回去把这话告诉了孙子楚，孙子楚竟真的自断其指，数日才恢复元气。孙子楚拿着断指去找媒婆，媒婆忙去告诉阿宝。阿宝大吃一惊，让他再去掉痴病。可孙子楚并不认为自己痴，转念一想，阿宝也许未必像传说中那么美，何必如此清高再戏弄他？从此也就断了念想。

这年清明，按习俗，妇女都会出游，自然引得轻薄少年结队随行，随意品评。同社的学友非拉着孙子楚一起去，孙子楚想见见阿宝其人，便也去了。远远望见树下坐着一女子，被恶少年围住。大家说那就是阿宝，子楚走过去一看，阿宝果真艳丽无双。待众人散去，孙子楚仍呆站着不动，最后被众人拉着回了家。孙子楚躺在床上终日不起，昏昏沉沉，家人觉得他是丢了魂，便一直招呼他，孙子楚才说自己在阿宝家。家人再接着问，他又沉默不语。原来，当初阿宝走时，他的魂也跟着阿宝走了，整天依偎在她身旁。可当他肚子饿想回家时，却迷了路。阿宝每次梦到与人亲密，就问他姓名，对方则说："我叫孙子楚。"阿宝觉得很奇怪，又不敢跟别人说。就这样躺了三天，家人害怕孙子楚真的不行了，便托人转告商人，想去他家招魂。巫婆来到商人家，阿宝问清原因，二话没说，直接把巫婆领进了自己的闺房，让她把魂招去。没多久，孙子楚果然醒了。可醒来后，他每天想的还是阿宝，希望能再见到她。听说阿宝要去水月寺烧香，他早早地就去那儿等候。到了中午，阿宝才来。阿宝从车窗中目不转睛地盯着他，还叫仆人去问他的姓名。孙子楚这下更加动情，回去后，又得了相思病。他家养的一只鹦鹉突然死了，孙子楚便将自己的灵魂附在鹦鹉身上，飞到了阿宝身边。阿宝得知鹦鹉是孙子楚，十分惊讶又十分感动，告诉他："君能复为人，当誓死相从。"鹦鹉思索了半天，猛然下床，叼着阿宝的鞋，飞回自家，坠地而亡，而孙子楚马上就醒了。阿宝派佣婆去打探孙子楚的消息，得知他已经醒了，便把此事透露给母亲。阿宝父母拗不过，只好同意了他们的婚事。

经过这么多波折，两人终于修成正果。婚后也特别幸福，孙子楚读书，阿宝负责经营，生活越来越富足。可没想到的是，三年后，孙子楚突然得病死了。阿宝伤心欲绝，欲悬梁自尽，幸好丫鬟及时发现，把她抢救了过来。三天之后，阿宝召集亲朋要葬孙子楚，忽闻棺材里有呻吟声，打开一看，孙子楚竟然复活了。原来孙子楚本已到了阴间，可忽然有人来报，说阿宝来过地府报到。阎王一查鬼名册，看到她本不该现在就死，又被她的情意所感动，就赐孙子楚再生。从此，子楚渐渐恢复了健康。

这一年举行大考，入考场前，孙子楚被几个少年戏弄。他们拟了七道怪题，骗子楚说这是某家预测的考题。子楚还真相信了，昼夜研究，制成七艺。没想到，这年主考官察觉原来的题有舞弊，竟然真的另外出题，七艺跟孙子楚之前准备的完全相符。孙子楚因此中了头名，第二年又中了进士。皇上听说了他的特殊之处，特意召见。孙子楚详细启奏，皇上大为高兴，后来又召见了阿宝，赏赐颇丰。

突然想起了《唐伯虎点秋香》中的一句台词："别人笑我太疯癫，我笑他人看不穿。"这本是出自风流才子唐伯虎《桃花庵歌》中的诗句，只是周星驰用他特有的无厘头，为本来有些心酸的诗句增加了几分欢乐。才华横溢、满腔热血，却因受科场舞弊案牵连，注定一生与官场仕途无缘，这样的唐寅，反倒更能看懂繁华沉寂后的落寞。疯癫的状态、无畏的轻狂、酒醉的痴狂，众人眼中的放荡不羁，才是唐寅最清醒的时候。众人皆醉我独醒，心中孤寂有谁知。醉了红颜，断了琴弦，是一种厌倦，更是一种执念。

孙子楚的情态像极了当年的唐伯虎，人人都叫他"孙痴"，只有他自己不以为然，是真傻还是假痴，自己岂会不知道？蒲松龄说："性情痴迷的人，特别专注于一件事，书痴必定文笔流畅，艺痴必定技艺精良。世上一生潦倒无所成的人，反倒说自己是不痴者。为女色、赌博倾家荡产的，才是真正的傻子。过度精明才是真傻，孙子楚才不傻呢。"在他眼里，别人口中的"孙痴"不过是个敢于吐露真性情的人，是个真正有福之人。

孙子楚的痴让今天的情显得如此不堪一击。生命诚可贵，爱情价更高，诗人裴多菲的经典诗句似乎要改一改了：爱情诚可贵，现实价更高。现实让女人变得挑剔，让男人变得无力。放在今天来看，这个男人有过婚史，妻子去世，家里条件不好，可能连小康都达不到，人还有些木讷呆板，怎么会有人死心塌地想跟他过一辈子？更别说像阿宝这样的白富美了。

爱神降临

——一见钟情的王桂庵

王桂庵，大名府世家公子。有一次，他去江南游历，把船停在江边时看见邻船上有一女子正在绣鞋，风姿绰约。王桂庵的心中顿生爱慕之情，高声吟诵“洛阳女儿对门居”，女子只抬头瞥了一眼，便又低头绣鞋。于是王桂庵扔了一锭金子在女子襟上，女子头都没抬，顺手把金子扔到一边。王桂庵又将一个金镯子扔到了女子的脚下，结果女子仍然操业不顾。不久，女子的父亲回来了，王桂庵正担心他看到镯子，却见女子不动声色地用脚将镯子盖住。女子父亲随后解开缆绳，开船离开了。

王桂庵心中特别沮丧，当时他丧妻不久，后悔没有遇见这个心仪的女子之后便把婚事定下来。他向周围船上的人打听，没有人知道那位船家的名字，开船追赶，却早已不见了踪影。不得已，王桂庵只好先过江办事。回来的途中又沿江寻访，仍然杳无音信。这下王桂庵可惨了，回去以后寝食难安、相思成疾。这就是典型的一见钟情。第二年，王桂庵又来到江南，这次，他干脆买了一条船，住在江边，天天察看来往的船只。这一待就是半年，但最终王桂庵仍是一无所获，腰包也瘪了，只好回家去；可他的思念之情丝毫没有减退。一天夜里，王桂庵做了个梦：他来到一个小村庄，走进一家庭院，院内北面有房三间，南边还有一个小屋。走近一看，是间女子的闺房。屋里的人发觉有人来，赶紧出来看个究竟。王桂庵一看，正是他日思夜想的女子。王桂庵喜出望外，两人正要亲昵，女子的父亲回来了。王桂庵惊醒，才发现这只是个梦。

又过了一年多，王桂庵再次来到镇江，城南徐太仆和他家是世交，请他去喝酒。他在赴宴的途中迷了路，误入一个小村庄。眼前的景象是那么熟悉，和他梦里的一样。王桂庵径直奔向南边的小屋，那女子果然就在屋里。女子认出了他，却假装不认识，砰地一下关上了门。王桂庵急了，连忙诉说自己几年来的相思之情，女子隔着窗打探他的家世："你这么好的条件，早就该有贤妻了，为什么还要找我？"王桂庵表白："要不是因为你，我也早就娶妻了。"女子体会到了他的真心，也表露了自己的心思："为了你，我也拒绝了几家的求婚，金镯子我还留着，心想若你是真心，定会找来。你回去请媒人来正式求婚，我定会答应，若你想非礼成婚，那是万万不可能的。"王桂庵匆匆离开了，女子大声告诉他："我叫孟芸娘，父亲字江蓠，你可要记得啊。"王桂庵早早结束了在徐太仆家的聚会，来找孟父商量迎娶之事，还拿出一百两银子作为聘礼。岂料遭到孟父的拒绝，坚称女儿已许配给别人。王桂庵失落而回，辗转难眠。天一亮，就跑去徐太仆家求救。找徐太仆算是找对人了，原来徐太仆和江蓠还有些亲戚关系。于是，徐太仆吩咐大儿子去孟家一探究竟。江蓠这才说出了心里话："仆虽空匮，非卖婚者。曩公子以金自媒，谅仆必为利动，故不敢附为婚姻。"如今有徐太仆做媒，也就同意了。江蓠进去和女儿商量了一下，高兴地出来说："这事成啦！"于是两人约定了吉日，借徐太仆家的房子成了婚。

住了三天，两人便坐船返回家乡。夜里，在船上，两人聊起了初见时的情景。聊着聊着，王桂庵竟开玩笑说自己家里已娶了妻子。芸娘起初不信，王桂庵故意认真地又说了一遍。这对芸娘来说可谓是晴天霹雳，于是她直接选择了跳河自杀。王桂庵万万没有想到芸娘会做出这样的举动，他又悲痛又后悔，但怎么也找不到芸娘的尸首。王桂庵怕岳父来看女儿，自己却交不出人，就跑去河南姐夫家住了一年多才回家。回来的路上遇到大雨，就到一户民宅避雨。院里，一个老太太抱着一个小孩在玩耍。雨停要走的时候，哪知孩子竟然哭喊着“爸爸走了”。正在王桂庵感到疑惑之时，一位丽人抱着孩子走了出来，正是芸娘。而那个小童乃是他的儿子。王桂庵连忙解释当年自己是骗她的，芸娘这才转怒为喜，说起了事情经过：“当年我顺水漂荡，正好碰到了莫翁的船，是他救了我，还认我做了干女儿。十个月后，我生下了寄生。”王桂庵甚喜，拜谢翁媪。在这儿住了几天，王桂庵便带着妻子儿子回家了。

只是因为在人群中多看了你一眼，再也没能忘掉你的容颜，梦想着偶然能有一天再相见，从此我开始孤单地思念。这熟悉的旋律似乎就是为几百年前的王桂庵所作，他们的故事又何尝不是一种传奇？船上的邂逅，让王桂庵再也无法忘怀，最是那一眼，成了他午夜梦回时最温暖的牵绊。

也许有人会觉得芸娘很傻，但我却觉得她傻得可爱、傻得可敬。王桂庵的钱财诱惑不了她，她坚决反对非礼成耦，又因为桂庵的一句玩笑话，她竟然以死明志。这一系列的表现都能看出，芸娘追求的是一种平等的爱、平等的婚姻。若是这爱不平等，自己宁愿去死。或许我们不需要像芸娘这般刚烈决绝，但是否也应该为自己的感情坚持些什么？自尊自重而非自卑自轻，自爱者，人恒爱之。

我们的世界很精彩，我们的世界也很无奈，正是因为现实世界将感情扭曲了，才会有“人生若只如初见”的感叹吧。每个人都想谈一场永不分手的恋爱，可这似乎又不太现实，那就让我们在梦里相见吧，在梦里体会那份久违的温暖。亲爱的，晚安！

我心永恒

——香玉和黄生的仙凡恋

崂山的下清宫里，有棵耐冬树，高大粗壮。还有一株牡丹花，花开的时候璀璨似锦。

胶州一位姓黄的书生，在这里借宿读书。一天，黄生看见窗外一个白衣女子的身影在花丛中闪动，待他出去一探究竟，女子已经不见了。之后，黄生便经常能看见她。

一次，黄生躲在树丛中，等候女子到来。不大一会儿，白衣女子果然来了，旁边还有一位红衣女子，可谓艳丽双绝。两人越走越近，忽然，红衣女子发现了黄生，黄生一下从树丛中跳了出来。两位少女大惊，急忙跑走了。黄生没有追上她们，可这一见，让他对白衣女子的爱慕更加强烈，还在树下题诗一首。

回到房间，黄生心中久久不能平静，就在此时，白衣女子突然到来。原来她是看到了黄生写的那首诗，被他的才情所吸引，才想要和他见一面的。

白衣女子名叫香玉，被道士禁闭在这座山里，并非自愿。另一个红衣女子名叫绛雪，是香玉的义姐。自我介绍完毕，两人便开始亲密地交谈，情到深处自然缠绵。第二天醒来，已是东方泛红。香玉急忙起身离开，临走前还回赠他一首诗，黄生听后对她更是爱得不行，拉着她的手说："你有时间一定要来，不必非要等到晚上。"此后的每天夜里，香玉都来和黄生幽会。黄生还多次邀请绛雪同来，但绛雪总是不允。

一天晚上，香玉脸色惨然地进门说："君连陇右都守不住，就别期望蜀地了。你我现在就要诀别了。"黄生诧异，急忙追问原因，香玉也只说是天意，呜咽着不肯说其他。

直到天亮，香玉才依依不舍地走了。第二天，一个姓蓝的人到下清宫游玩，看见一株白牡丹，很是喜欢，便向寺里人索要，得到应允后就把白牡丹挖出来移走了。黄生这才明白，原来香玉是花仙。

没过几天，黄生听说被移走的白牡丹枯萎了，他心痛至极，天天都去牡丹穴处凭吊。一天，黄生凭吊完刚要离开，远远地看见绛雪在哭泣。黄生慢慢地走近绛雪，绛雪也不躲避黄生，便拉着她的衣袖回到了自己房间。绛雪还在为自己的姐妹感到悲恸，黄生问她："之前多次请你，为何你都不来？"绛雪说："我总是认为，年少书生大多是薄幸之徒，没想到你是如此专情之人，可我和你交往，单单只是为了情，若要我和你共寝，是万万不能的。"黄生说："香玉的突然离开让我不知所措，我只是希望你能留下来安慰我一下。"绛雪这才同意了。可她几天才来一次，这让黄生有些抱怨。绛雪解释道："我不像香玉那般热情，只能稍解你的寂寞罢了。"

从此，两人变成了密友，每当黄生孤单时，绛雪都会来陪他。黄生不禁感叹："香玉是我的爱妻，绛雪是我的良友啊。"

时光飞逝，转眼间到了新年，黄生也回家过年。二月的一天，他突然梦到绛雪来找他，并悲伤地说："妾身大难临头了，你若速速前来，我们还能再见一面，否则就再也见不到了。"

黄生从梦里惊醒，连夜赶到了下清宫。原来是道士要建造房屋，有一棵耐冬树特别碍事，工匠们正准备砍伐它，黄生急忙上前阻止了。得救的绛雪前来向黄生表示感谢，两人交谈了一会儿，黄生突然思念起香玉，二人便一同来到牡丹穴处，挥泪凭吊。

几天之后，绛雪喜笑颜开地来找黄生："告诉你一个好消息，花神被你的深情所感动，同意让香玉回来了。虽然时间尚不确定，但应该为期不远。"可是好几天过去了，绛雪一直没来，香玉也没回来。黄生无奈，正准备去烧了那棵耐冬树，突然绛雪前来，制止了黄生。随后，香玉步态盈盈地走了进来，黄生一看，激动万分，三人随即抱头痛哭。

香玉告诉黄生："以前我是花神，是有实体的，现在我是花鬼，形体已经散了。今天的相聚，只当是在梦里吧。如今我有一事相求，希望你能用白蔹屑掺上硫黄，每天到我的穴处浇洒一次，明年此时我定会报答你的恩情。"说完就离开了。第二天，黄生去原来牡丹生长的地方，看到里面又萌生出一株牡丹，便对它呵护有加。

在黄生的精心呵护下，牡丹花一天天繁茂起来。在他回家的那段日子里，还特意留了些银两给道士，拜托他悉心照料。等他第二年四月再来时，牡丹新枝上已有一朵花，含苞待放。待花朵裂开时，花蕊中间俨然有个小美人，就是香玉。两人终于又在一起了，像从前一样欢愉。

后来，黄生的妻子死了，黄生索性住到了山里。这时，那株牡丹已经长得像手臂一样粗，黄生指着那株牡丹说："以后我死了就把魂魄寄托在这儿，永远陪着你。"十多年后，黄生突然病倒，他的儿子闻讯赶来，十分伤心。可黄生却笑着说："今天不是我的死期，而是我的生期，有什么可伤心的呢？"他又对道士说："将来牡丹下会长出红色的花芽，五片叶子的，那就是我。"待儿子带他回家后，黄生就去世了。

第二年，牡丹花下果然有花芽生出，还是五片叶子的，道士非常惊讶，用心浇灌。等到老道士死后，弟子们不知其中缘由，见这株高达几尺的花从不开花，就把它砍了。没想到，那株白牡丹很快就枯萎而死，不久那株耐冬树也相继死去。

异史氏曰："感情达到极点时，鬼神也可以相通。香玉死后变为花之鬼，仍然相从黄生，黄生死后魂魄依偎在香玉身旁，这不正是他们深厚感情的表现吗？一个人死去，两个人为他殉情。即使不是坚贞之情，也是为情而死。人不能坚贞，也是他的感情不深厚。"

《香玉》的故事感动了蒲松龄，也感动了我。悲伤的爱情总是能让人刻骨铭心，无论长久或是短暂，有些人爱上了就是一辈子，甚至几辈子，为你而生，为你而死。汤显祖在《牡丹亭》的题词中有言："情不知所起，一往而深。生者可以死，死亦可生。生而不可以死，死而不可复生者，皆非情之至也。"众生有情，鬼神也有爱。生生死死，此情不变，就是感情的最好诠释。

《聊斋志异》故事中就有很多花仙子，善良的，邪恶的。道行高深的，还可脱离本体，修炼成人或是仙。在未修炼完成前，本体也存在危险，伐木者就是她们的克星。若是修炼成功，本体和元神就会融为一体，即成正果。修炼期间如果眷恋红尘，就可能变成花妖。

香玉算是贪恋红尘的花神，终究也没逃过变成鬼的命运。但她是个好命的鬼，遇到了一个长情、专情的爱人，愿为她哭泣，为她浇水，鬼又变成了神。

在天愿作比翼鸟，在地愿为连理枝。唐玄宗和杨贵妃的爱情悲剧婉转动人，可永不分离的誓言也终究烟消云散。这只是个美好的愿望，却没能发生在他们身上，黄生则永远陪伴在香玉的身旁。

很多有情人活着的时候无法如愿，死了以后反倒可以长相厮守。化作蝴蝶的梁山伯与祝英台，变成鸳鸯鸟的焦仲卿与刘兰芝，再也没有人能将他们分开。

有些人觉得，在一段感情中没必要投入太多，等到无疾而终的时候，也不至于太受伤。若是这样想来也没什么不对，人们只是在选择一种保护自己的方式而已。只是谁不羡慕永恒不变的爱呢？就像黄生和香玉一样，一颗心只为你而永恒。我喜欢这永恒的爱，还有永恒的你。

二

神鬼梦幻篇

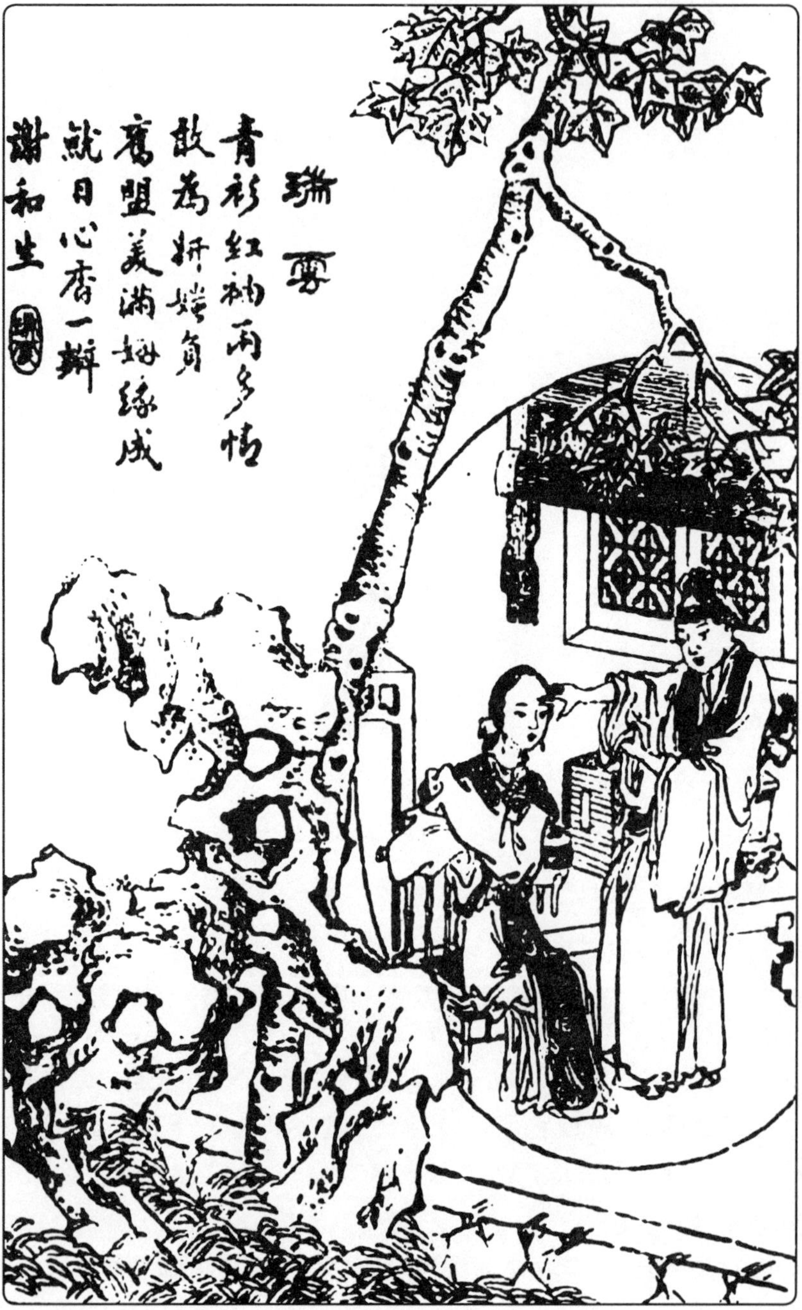

瑞云（据清刊本《评注聊斋志异图咏》插图）

假面人生

——“漂亮”女鬼的丑恶心灵

2008年，一部演员阵容强大、充满魔幻色彩的电影《画皮》上映了。这应该算是我长这么大看的第一部“恐怖片”。可我并没有被女鬼吓到，反而被结尾的情节感动了。此前片方一直声称“根据《聊斋志异》改编”，看过之后才发现，此皮非彼皮。

原著中的《画皮》讲的是一个被称为王生的读书人，大清早在路上遇到了一个女子抱着包袱吃力地走着。王生急忙跑过去一看，乃二八姝丽，心里甚是喜欢。王生问：“为何大清早一个人走在路上？”女子起初不想告诉他，王生一脸非要替她分担忧愁的样子，她才黯然神伤地说：“父母把我卖到了富贵人家做妾，人家的正妻对我又打又骂，我实在忍受不了，就逃跑了。”王生一听，心想艳遇的机会来了，于是连忙说：“我家离这儿不远，请你来坐坐吧。”女子欣然跟从。王生带她到了自己书斋的密室，两人便在这儿住了下来。女子叮嘱王生一定要保守秘密，不可把自己藏在此处的事泄露出去。过了几天，王生偷偷把这件事告诉了妻子陈氏。陈氏怀疑她是大户人家的姬妾，怕招惹麻烦，劝王生赶紧让她走，王生偏偏不听。

有一天，王生在街上碰到一个道士，道士说他全身为邪气缠绕，一定是遇到鬼了，王生极力辩解。可听到这样的话，王生也感觉奇怪，便开始怀疑那个美女，于是回到书斋，却发现大门从里面关着。王生怀疑女子在里面有什么古怪，就翻过矮墙，蹑手蹑脚地走到窗前向里偷看，只见一个脸皮碧绿、牙齿像锯齿的恶鬼，正把一张人皮铺在床上，拿着彩笔在上面画，画完后举起人皮，披到自己身上，恶鬼瞬间变成了美女。看见这一幕，王生吓傻了，急忙去找道士求助。道士交给他一柄拂尘，让他挂在卧室门上。临别时，他们约定在青帝庙相见。回家后，王生不敢去书斋，就睡在内室，并挂上拂尘。半夜，听到门外响起脚步声，王生吓得自己不敢起身，叫妻子去看。只见那女子来到房间门前，看到拂尘不敢进来，待了很久才离开。可没多久她又回来了，一把抓过拂尘撕得粉碎，随后闯进卧室，撕开王生的胸膛，掏出他的心就走了。陈氏害怕得一直哭泣，又不敢出声。

第二天，陈氏让王生的弟弟二郎赶紧去找道士。道士赶来，女鬼已经不见了。道士四下观望，察觉女鬼还未走远，应该就在南边的二郎家。二郎回家一问，果然早间来了一妇人，二郎妻子留她在家做了仆人。道士立刻拿起木剑赶去捉拿变化成妇人的女鬼。女鬼一看大事不妙，就想逃走，道士在后面追击。女鬼倒地，身上的皮哗的一声掉落，现出了原形。道士用木剑砍下它的脑袋，它的身子则化作一股浓烟。道士拿出一个葫芦，将浓烟吸进葫芦中，又把地上的人皮卷起来收好，正准备离开时，陈氏哭着跪求道士救救她丈夫。道士说自己没有办法，陈氏依然苦苦哀求，道士思索了一下告诉她："街上有个疯子，经常躺在粪土中，他或许能帮你，但他要是侮辱你，你也不要生气。"于是，陈氏和二郎告别道士，赶紧去找那个人。

来到街上，陈氏看见一个乞丐，正符合道士形容的样貌，鼻涕三尺，秽不可近。陈氏赶紧上前，告诉他事情的原委并请乞丐相助。乞丐大笑："人尽夫也，活之何为！"陈氏执意请他帮忙，就算乞丐用拐杖打她，她也强忍着。乞丐吐在地上一口黏痰，说："吃了它。"任谁面对这样的情况都要吐了，更何况是吃下去。可陈氏想到道士的叮嘱，还是为难地咽下去了。待她吃下之后，乞丐却起身走了，陈氏和二郎没有追上他，失望地回家去了。回到家，陈氏对着丈夫的尸体大哭，既悼念丈夫，又后悔受了乞丐的屈辱，直哭到声嘶力竭，陈氏突然感觉胸中有异物，想要呕吐，还来不及回头，吐出的东西就已经落在丈夫胸膛上，竟是一颗人心，怦怦地跳着！陈氏赶紧将丈夫的胸口合拢，用力挤紧。慢慢地，王生的身体有些温暖了，到了半夜，开始有了气息，天亮时，王生竟然活过来了。他胸膛被抓坏的地方也开始结痂，不久就痊愈了。

故事中的女鬼，其实也是现实社会中某些女性的真实写照，这类女人年轻漂亮、温柔体贴、善解人意，却偏偏把优势用在了别人的婚姻之中，用在了一条自我毁灭之路上。起初她们想要的并不多，可女人往往是贪心的，到最后，不止他的人，他的心，名分地位，甚至破坏别人的家庭，不惜任何代价。而男人在感情面前往往是弱者，当太多无法满足的要求压在一个男人身上时，他懦弱的一面将会完全表现出来，甚至胆小到用妻子当挡箭牌。

另一方面，生活在现实世界中的我们，又有哪一个不为自己"画皮"？正如那最戏剧性的一幕："举皮，如振衣状，披于身，遂化为女子。"画虎画皮难画骨，知人知面不知心。人们已经习惯了表面一套、背后一套的虚假功夫，或者说人们已经习惯了虚伪，习惯了画皮。而且变换速度极快，面对不同的人总是能快、准、狠地披上那张最适合的皮。不仅是陌生人，甚至对朋友、亲人、爱人，我们也无法还原真实的自己。面具戴久了，也就变成了脸。

显然，女鬼输了，而且输得很惨，甚至丢了性命。转眼看看现实社会中的女性，有谁不想得到幸福？追求幸福的道路有千万条，有些人偏偏走上了破坏别人幸福的不归路。多数人在得到了一个好处的时候就会期待下一个，欲望也会越来越强烈。人总是不满足于现状，我们已经学会本能地占有。她们本该在正确的时间、正确的地点，自尊地、自爱地，带着幸福或是不幸，毅然决然离开那个男人，这才是最正确的选择。死缠烂打的另一面是懦弱无能，懦弱无能就已注定了悲惨的结局。

每个女人都有追求幸福的权利，而且只能是你自己的那份幸福；每个女人也都应该得到幸福，而且只能是你应得的那份幸福。我们不必过分伪装自己，但前进道路上的小伎俩也不可缺少，那是智慧女人迸发出的灵感，就像是超级玛丽头顶上的小蘑菇，让你变成更强大的自己。

蒲老先生的评语很是精辟："愚哉世人！明明妖也，而以为美。迷哉愚人！明明忠也，而以为妄。"人世间的真真假假实在难分，皆因人们不肯以真面目示人。而作为女人一定要记得，其实最美的你，就是你原本的样子。

有多少爱可以重来

——自讨苦吃的鬼妻

有一天，老和尚与小和尚在化缘回来的路上经过一条小河，河水上涨又没有桥。一个姑娘在河边愁眉紧锁，她想过去又怕水深，老和尚就背她过了河。回到寺里，小和尚终于忍不住了，问师父："你不是说出家人不近女色吗？你怎么还背她？"老和尚说："我背她在过了河后就把她放下了，你怎么现在还没放下呢？"人要懂得放下，才可释怀。但不是任谁都可以放下，不是什么事都能轻易放下的。人如此，鬼亦如此。

《鬼妻》中的男主人公名叫聂鹏云，和他的妻子生活非常甜蜜，十分和谐。不料妻子突然得病死了，聂鹏云整日坐卧不安、精神恍惚，思念着亡妻，像丢了魂一样。一天晚上，他正一个人在屋里坐着，他的妻子忽然推开门走了进来。聂鹏云吃惊地问："你是从哪儿来的？"妻子笑着说："我已经是鬼了，感念你还这样思念着我，我就请求阴间主事的人，暂且上来和你幽会。"聂鹏云高兴得不得了，拉着她上床就寝，一切如常。从此之后，他们每天晚上相聚，白天分离，一直持续了一年多。聂鹏云也就不再提续弦的事情了。可是他的叔伯兄弟怕断了传宗接代的香火，私下里商量，劝他赶快续弦。聂鹏云听从家人的劝说，和一个良家女子定下婚事。但是他怕妻子知道了不高兴，就对她隐瞒了此事。随着良辰吉日越来越近，鬼妻终于还是知道了。她责备丈夫说：“我是因为你的有情有义，才冒着受阴曹地府责罚的危险来和你幽会的。如今，你竟不能遵守誓言，重情重义之人原来就是这样的吗？”聂鹏云一再解释是家族的意见，自己不能违背。于是鬼妻很生气地离开了。聂鹏云虽然很怜惜她，但觉得能再娶一个可以传宗接代的妻子，还是很开心。等到聂鹏云洞房花烛夜，夫妻俩都睡下之后，鬼妻忽然来了，上床一把揪住新娘，连打带骂：“你怎么敢占我的床？”新妇于是和她撕打起来。聂鹏云吓得躲到了床下，谁也不敢帮。等到鸡鸣天亮时，鬼妻才离开。新妇怀疑聂鹏云的妻子并没有死，觉得是他欺骗了自己，想要上吊自杀。无奈之下，聂鹏云这才告诉了她之前发生的事情。这天晚上鬼妻又来了，新娘吓得躲了起来。鬼妻也不同聂鹏云同床，只是用手一直掐聂鹏云的皮肉，掐完之后对着蜡烛瞪眼生气。就这样过了好几夜，聂鹏云开始担心了，便想着应当找个解决办法。他听说邻村有个善于巫术之人，就找来此人用桃木削成小木桩，钉在鬼妻坟墓的四角，这件怪事才就此平息了。

女人多半爱纠缠，对任何事都是如此。尤其在爱情的国度里，纠缠可以说是她们的通病。就像这故事中的女鬼，当聂鹏云决定再娶的时候，就说明他们之间已经结束了。但她仍然无法释怀，日夕复来，终于将聂鹏云的“怜之”逼成了“患之”，最终落得个“削桃为杙，钉墓四隅，其怪始绝”的下场。这样薄情寡义的男人固然不可饶恕，但鬼妻一次次地纠缠，亲手把丈夫对她的最后一点点怜惜、一点点歉疚都销毁了。人鬼之间难得有情，怪只怪他们情深缘浅，也正是这“情”让她永不能翻身。女鬼若懂得放下，也就能从生死轮回中解脱出来。现实生活中这样的女人也很常见，她们无理取闹，纠缠不清。在一段有始无终的感情中，无谓的纠缠只会导致悲剧。用一张大网把自己和自己恨的人套在一起，谁也脱不了身。该放手时就要放手，在变成伤害之前放手。若你足够聪明，就应该从无端的纠缠中走出来，学会以平和的心态爱人、处事。

不管是热恋中的男女还是婚姻中的夫妻，维持一段长久的感情谈何容易。面对变心的男人，女人除了一哭二闹三上吊，最应该好好反省一下自己。不合适的地方不要去，不值得的人不要留。正所谓覆水难收，放不下，只会让自己更痛苦。

佛法曾告诉世人要放下，但不是把所有的东西都放下。放下仇恨，放下悲愤，放下所有的痛苦，也包括不该留的人，这样心中才能充满正能量。放下，其实是一种智慧的选择。人的心装载了太多东西，好的，坏的，美的，丑的。就因为放不下功名利禄，才有那么多人在功名利禄中苦苦挣扎；就因为放不下愁苦悲伤，才有那么多人在愁苦悲伤中无法自拔。我们的心若被世间凡事塞得太满，终有一天会爆炸。

一个苦者，因为心中充满愁苦，就去跟一个和尚倾诉。他说：“我放不下一些人，放不下一些事。”和尚说：“没有什么东西是放不下的。”苦者说：“这些人和事我就偏偏放不下。”和尚让他拿着一个茶杯，然后就往里面倒热水，一直倒到水溢出来。苦者被烫到马上松开了手。和尚说：“这个世界上没有什么事是放不下的，痛了，你自然就会放下。”和尚的一句话，解开了苦者的心结，也让我这样的凡夫俗子豁然开朗。人往往就是这样，只有经历了苦难之后才知道要放手，才知道什么是最重要的。

当痴情女遇上薄情郎

——女鬼是怎样炼成的

美狄亚，希腊神话中的复仇女神，她为了心爱的伊阿宋背叛了自己的父亲、杀害了弟弟，还帮他报了杀父之仇。可最后换来的，却是伊阿宋的移情别恋。美狄亚伤心欲绝，接着由爱生恨，展开了一系列报复计划。她杀害了抢走自己丈夫的女人，又亲手杀死了自己的儿子，让伊阿宋失妻丧子，承受极大的痛苦。

背叛可以让一个专情的人失去理智，仇恨可以让一个善良的人彻底改变。

一个女人，在付出了一切又失去了一切时，报复，也许是她最好的发泄方式。《聊斋志异》里也有这样一个女人。

南三复是山西晋阳的世家子弟。他家的别墅离住处有十余里，他常常骑马过去。这天恰巧途中下雨，他就到附近村子避雨，看到一农户家很宽敞，便前去叫门。

南家在这一带很有势力，所以屋主恭恭敬敬地出来迎接。南三复进屋后，主人待他很殷勤，也很小心。南三复问他姓名，屋主回答叫窦廷章，没过多久，主人又端上了酒食，侍奉得十分周到。

在屋外做饭的，是窦家的女儿，十五六岁，窈窕动人。如此美丽的少女让南三复心动不已，回到家之后更是倍感思念。

第二天，南三复带着东西去酬谢，借机接近窦女。此后，他便时常带着美酒佳肴去窦家。窦女和他熟了，也就不再回避，南三复对她于是越来越着迷。

一次，南三复又来窦家，正好窦父不在，南三复便趁机抓住窦女的胳膊调戏她，窦女急了：“我虽然穷但也要清清白白嫁人的，你怎么能仗势欺人呢？”当时南三复正巧死了老婆，便用花言巧语哄骗她，还对天发誓一定会娶她为妻，窦女这才答应与南三复欢好。

从此，只要窦父不在家，南三复就过来。窦女一直催促他上门提亲，南三复也只是表面敷衍一下，心里想的却是农家女怎么配做我的妻子。

后来，媒人受大户人家之托来向南三复议婚，南三复开始还有些犹豫，可一听说人家有钱又漂亮，马上同意了。另一边，窦女因为有了身孕，就催促得更急，南三复干脆不理她了。

没过多久，窦女生下个男孩，只好把事情原原本本地告诉了父亲，还说：“南生是要娶我的。”窦父派人去问南三复，他却死不承认。窦父一气之下把孩子扔了，并毒打女儿。窦女暗地里求人去找南三复，南三复仍然置之不理。

窦女半夜跑了出来，发现孩子还活着，就抱着孩子去找他。万万没想到，南三复竟如此绝情，连自已的亲生骨肉都不顾，将她母子拒之门外。窦女抱着孩子倚户痛哭。待天亮后，众人发现母子俩都已僵死门前。

对于南三复的无情无义，窦父气愤不已，将他告到了官府。南三复怕被定罪，花了上千两银子才免于追究。

后来，那个嫁女的大户人家主人梦见窦女抱着孩子披散着头发来找他：“不要把女儿嫁给负心汉，否则我杀了她。”但他贪图南家的财势，根本没把窦女的话当回事。这家女儿嫁过去之后，终日不见笑容，还时常哭泣。

几天后，新妇的父亲来看女儿，可他一进门就大哭不止，待进屋看见女儿后，又惊恐地说："刚才在后园看见我女儿吊死在树上，现在房里的是谁啊？"新妇听到这话，脸色突变，倒地而死，竟是窦女。大家跑到后园一看，新妇果然已经上吊死了。南三复吓得赶快派人去窦家一探究竟。窦父扒开坟墓，尸首果然不见了。

新仇旧恨加在一起，让窦父更加愤怒，便又把南三复告到了官府。这次，南三复私下里用重金同窦父了结，又贿赂官府，才将此事平息。

这件怪事被传开后，好几年也没人敢把女儿嫁给南三复。

不得已，南三复就聘娶了百里外曹进士的女儿。还没行礼时，民间流传朝廷即将选良女入宫，所以家里有女儿的，都忙着送去夫家。

一天，一个老妇人引着车子来南家，自称是曹家来送女儿的，对南三复说："朝廷选妃很紧急，就先把新娘子送来了。"南生问："为何没有宾客？"老妇人说："稍后就到。"说完便匆忙离开了。

新妇虽然标致，但神情举止酷似窦女，南三复心里猜疑，但也没敢多问。新妇亦不多言，来到南三复的床上拉开被子便睡下。天黑了，曹家宾客还没到，南三复便掀开被子，想问问新妇什么原因，却发现新妇早就气绝人凉了。

南三复赶快派人去告诉曹家，可曹家说根本就没送过女儿。当时有个姚孝廉的女儿刚死，隔天坟墓就被盗掘，尸首也不见了。姚家听说了这怪事，便来南家查探，发现被子里果真是自己的女儿，可尸体竟然全身赤裸。姚孝廉大怒，将南三复告到官府，官府也因他屡次犯科，以挖坟偷尸判了他死罪。

当痴情女遭遇了薄情郎，故事的版本可能有很多种：被氓抛弃、独自面对着淇水悲伤的少妇；被张生始乱终弃、态度坚决终不见的崔莺莺；被李甲狠心出卖、心如死灰终跳江的杜十娘……《窦氏》仅仅是成千上万个悲剧中的一个。

面对昔日的情，流走的爱，女人们再也无力挽回，岁月留给她们的，是更清晰的未来。我们不能说谁的遭遇更惨，谁的方式过激，每个人都是自己故事中最受伤的那一个，每个人都有权利决定故事的最终结局。

从古至今，贞洁两个字似乎就只适用于女子，自从秦始皇统一天下后，便开始对女子有所要求，只是各个朝代的风气存在差异。经过宋、元、明三代的极力倡导，进入清朝以后，贞洁观变得尤为狭隘。非但夫死要守节，未嫁夫就死了的同样要守节，就算偶被男子调戏了，都有寻死的可能。有的时候，贞洁就像杀人的凶器，让多少女人都惨遭毒手。

不仅如此，清朝还给予父母决定子女婚姻的绝对权利，违父不孝，私约不贞。单说这两点，窦氏就已经犯下了大错。没经过父母的同意，私自与男子订终身，还未婚先孕，窦廷章这样传统守旧的父亲，不打她才怪呢。清朝的婚姻还特别讲究门第和家财，对于前者尤为重视。

清朝政府更严令禁止良贱通婚，违反者必将受到处罚。窦家和南家的地位悬殊，这就是窦女永远也无法跨越的一道鸿沟。

窦氏活着的时候没能为自己讨个公道，死了之后变成鬼，反倒看清了其中的真真假假。从单纯柔弱，到成熟刚强，她用生命的代价诠释了自己的决心，为自己报了仇。

异史氏说："始乱之而终成之，非德也，况誓于初而绝于后乎？挞于室，听之；哭于门，仍听之：抑何其忍！"用两个字概括就是：活该。始乱终弃、无情冷血的男人，无论任何时候都不会有好下场。

现在仍然有很多女性在重复着这样的爱情悲剧。面对男人的甜言蜜语、穷追不舍，女人容易让自己陷入爱情的囹圄中。自己的一切都可以为了一个男人而付出，面对这一切，男人又不见得会照单全收。

我一直在想，变成女鬼的窦氏，为什么不直接杀死南三复，非要将他身边的女人置于死地，难道是对他还留有一丝丝的情？我不是窦氏，也无法知道她心里的想法。

女人在责怪男人的同时，是否也该反思一下自己，别被虚幻遮住了眼睛。就算是薄情郎抛弃了你，你也应该更精彩地活下去。错过你，也许是他一辈子的遗憾，但离开他，你会拥有更幸福的未来。

鱼和熊掌不可兼得

——贪心的温姬

嘉平县某公子，十七八岁，风流潇洒，英俊非常。一次，他到郡城去参加童子试，偶然经过一家妓院，见门口站着一个年轻貌美的女子，便情不自禁地凝视着她。他见女子也朝他微笑点头，就鼓起勇气，走上前去跟她搭话。女子问他住在哪里，公子详细地告诉了她。女子又问："你那里有别人在吗？"公子说："没有。"女子便说："那我晚上去找你，不要让别人知道。"公子高兴地回了家，等到了晚上，他就把仆人都支走。不一会儿，女子果然来了，自我介绍说："我叫温姬，因为爱慕公子的风流倜傥，就背着鸨母来了，我愿意和你订下终身。"公子十分高兴。从此以后，温姬隔三岔五地就在晚上过来。一天晚上，温姬冒着大雨赶来，进屋后脱掉身上的湿衣服就钻到了被窝里。听到窗外雨声不断，温姬有感而发，吟诵道："凄风冷雨满江城。"随后满心期待着公子接出下句，公子却推辞说不懂诗。温姬说："公子如此一表人才，怎么会不懂诗呢？真是太扫兴了。"便劝公子好好学习，公子答应了。

后来，两人交往越来越频繁。公子的姐夫宋某听说了此事，私下里请求公子让自己见温姬一面，可温姬坚决不同意。于是宋某便藏身仆人房里，打算偷偷地看看她。这一看，让宋某神魂颠倒，日思夜想，于是他备下厚礼去见鸨母，指名要见温姬。可是鸨母却说从前是有一个叫温姬的女子，但是已经死了。宋某大为惊恐，把此事告诉了公子，公子这才知道原来温姬是鬼。夜里，公子质问温姬，温姬也如实相告：“你想要美女，我想要美男，咱们的愿望都实现了，那么是人是鬼又有什么关系呢？”公子觉得有道理，便欣然接受了。

考完试，公子要返回家中，温姬也跟着他回去了。可是别人都看不到她，只有公子能看到。到家后，公子把温姬安排在书房里。他的父母还奇怪，为什么儿子一个人睡在书房，也不回卧室。后来，温姬回去探亲，公子才把此事告诉了母亲。母亲当然不会同意，告诫儿子赶紧与女鬼断了关系，公子就是不听。于是父母想尽各种办法赶女鬼走，却都失败了。一天，公子给仆人写了一张便条放在桌上，里面错字连篇：“椒”写成“菽”，“姜”写成“江”，“可恨”写成“可浪”。温姬看到了纸条，在纸条背面写下：“何事‘可浪’？‘花菽生江。’有婿如此，不如为娼！”并告诉公子：“我开始以为你出身文人世家，所以厚着脸皮来找你。没想到你是虚有其表，如今自己竟也成以貌取人，传出去岂不被天下人耻笑？”说完，便化作一缕烟不见了。公子听了她的话虽然很惭愧，竟还不知为何，于是把纸条打开给下人看。听说了这件事的人都把它当作了笑话。

嘉平公子确实没什么文化，因为他才仅仅是去参加童子试（亦称童试）的。清代的科举制度包括四个部分：童试、乡试、会试、殿试。童试是科举考试的第一部分，也只是参加科考的资格考试。在唐宋时期称作州县试，在明清时代称为郡试，包括县试、府试和院试三个阶段的考试。县试考试合格者才可参加府试，通过了县、府试的便可以称为“童生”，才有资格参加院试。院试中的第一名称为“案首”，通过院试的童生都被称为“生员”，也就是我们说的“秀才”，算是有了“功名”，进入士大夫阶层。未取得秀才资格的，仍然没有功名，还算不上读书人。秀才才有“入学”的资格，可以到官办的府、州、县学读书。入学后经过学政的选拔，优秀者便可以参加下一级乡试。成绩特别好的生员，还有机会被选为贡生，成为国子监的学生，这也是一种荣誉。其实县试、府试就不好通过，有些人考了很多次才过关。得到童生身份后，院试屡屡失败，到了白发苍苍时仍是童生的也大有人在。嘉平公子，一个还不算“读书人”的读书人，怪不得会成为大家的笑柄，孺子不可教也。

蒲松龄在篇末评说：“顾百计遣之不去，而见贴浩然，则‘花菽生江’何殊于杜甫之‘子章髑髅’哉！”百术驱之不能去的女鬼，竟因为几个错字主动离开，极具讽刺意味。幸好温姬是鬼，而她也只能是鬼，因为只有鬼才能来去自由，若是现实中的人，则很难因为几个错字就消失得无影无踪。这确与“子章髑髅”的典故有异曲同工之处。唐肃宗上元二年，梓州刺史段子章造反，在绵州自立为梁王。五月，成都尹崔光远率部将花惊定攻打绵州，杀了段子章。杜甫特别作了一首《戏作花卿歌》，以此来称赞花惊定。据《唐诗纪事》记载，有病疟者，杜甫就吟诗给人治病，开始几天让病人诵读“夜阑更秉烛，相对如梦寐”，并没什么效果，杜甫只好换了“药性”更大的，就是《戏作花卿歌》中的两句：“子章髑髅血模糊，手提掷还崔大夫”，病人连续诵读几天后竟然痊愈了。想必蒲老先生也该是因为这个典故有感而发的。

看完这个故事，我觉得对今天不学无术的孩子特别有教育意义：没文化不只可怕，甚至以后可能连个漂亮老婆都找不到；这对于当代的女同胞也很有借鉴价值，在找男朋友时，无论对方的外在条件多好，一定要仔细观察清楚了，别落得个中看不中用、以貌取人的下场。

故事中的温姬虽是个女鬼，却是个漂亮的女鬼，是个要求颇高的女鬼。起初她只是因为公子英俊，家世很好，又是个读书人，难免心生爱慕，这样好的条件实属难得，主动为自己争取也是情理之中的事。可长时间的接触却让女鬼发现，自己所托非人，公子竟是个徒有外表、内里空虚的大草包，真是悔不当初，幸好及时发现，结束了这段孽缘。

女鬼的要求是高了些，又要样貌，又要家世，又要才学，果然任何时代，钻石王老五都是如此抢手。女鬼长得十分漂亮，所以她有这个资本和时间去选择，但是活在真实世界中的广大女性朋友，又有多少人有资本如此挑剔呢？

荷西曾经问三毛："你是不是一定要嫁个有钱人？"三毛告诉他："如果我不爱他，他是百万富翁我也不嫁；如果我爱他，他是千万富翁我也嫁。"荷西说："说来说去你还是要嫁有钱人。"三毛说："也有例外的时候。"荷西说："如果跟我呢？"三毛说："那只要吃得饱的钱也算了。"荷西思索了一下："你吃得多吗？"三毛谨慎地回答："不多，不多，以后还可以少吃点。"三毛对于荷西的爱也许只因他身上某个过人之处，所以她爱他，她嫁他。其实，爱上一个人，总会因为他的独特魅力，或因外貌，或因学识，或因人品，我们总会找到那个平衡点，这样的爱才会更实际、更长久。

女人们要求太高，只会束缚了自己又束缚了别人。如若能找到一个六七分投缘的就很难得了，剩下的几分由你填满岂不更好？鱼和熊掌不可兼得，一味地高标准严要求，只怕到了最后，你仍旧孑然一身。

两个男人的“海誓山盟”

——许生和王六郎的人鬼情

伯牙和子期的故事被世人传颂了千年，千年前，子期听懂了伯牙琴声中的高山流水，后伯牙为他摔琴绝弦，只因知己已亡，弹与谁人听？千年后，如此友情同样会令人感动。海誓山盟，天长地久，这些往往用来形容爱情的词语，用在他俩身上也不为过。“春风满面皆朋友，欲觅知音难上难”，并不是觉得这种友谊再也不会出现，只是在现代社会更加难得而已。社会在改变，人心也在改变，能遇到一个真心的朋友，我们应庆幸更应珍惜，因为那毕竟是少数。

《王六郎》中的许生家住淄川城北，以捕鱼为生。每天晚上，他都带着酒到河边，边喝酒边打鱼。每次喝之前，他都倒一杯酒在地上，祈祷说：“河里淹死的鬼魂，我敬你们一杯。”别人捕鱼总是一无所获，唯独他每次都满载而归。

一天晚上，许生刚开始喝酒，来了一位少年，在他身边转来转去，许生便请他同饮。结果一晚上一条鱼都没打到，许生有些失望。这时候，少年起身说：“我去河下游帮你赶鱼。”不一会儿，少年回来了，许生果然听到了鱼群的声音，于是赶紧撒网，捕上了很多大鱼。许生高兴极了，为了表示感谢，临走时他想送几条鱼给少年，少年却推辞说："喝了您那么多次酒，这点小事不算什么，若您不嫌弃，希望能经常跟您喝酒。"许生深感诧异："我们不是第一次见面吗？怎么是那么多次呢？如果你肯经常来的话，我当然很乐意。你叫什么名字？""我姓王，就叫我王六郎吧。"说罢，少年就离开了。第二天，许生卖了鱼，买了更多酒来到河边，六郎已经先到了。两人畅饮几杯，六郎便去为许生赶鱼。就这样过了半年，忽然有一天，六郎说他们要分别了。许生问他原因，六郎犹豫了一会儿才说："实话跟你说，我其实是个鬼，活着的时候就爱喝酒，有一次我因为喝醉，失足掉进河里淹死了，在这儿已经徘徊很多年。你每次都能捕那么多鱼，其实是我暗中帮助，报答你的奠酒之情。明天我的业障就圆满了，会有人来代替我，我要投胎了。"许生刚听到这番话时很害怕，但因为已经相处了这么长时间，便不再畏惧，反而伤感起来："这杯酒我敬你，虽然我们不能再见面了，但是你就要投胎为人了，这是值得高兴的事。是谁来代替你呢？"六郎说："明天中午你来河边，看到一位过河被淹死的女子，就是她。"

第二天，许生来河边等着。果然有一个妇人带着孩子过河，到了河边就掉进去了，儿子被抛到了岸边。看到妇人在水里呼喊，许生便想去救她，可转念一想她是来代替六郎的，就忍住了。妇人在河里挣扎了好一会儿，忽然爬上了岸，抱着孩子离开了。到了傍晚，许生还在老地方打鱼，王六郎来了，许生问他怎么回事，他说："我怜惜妇人怀里的孩子，不忍心伤害两条命，就放弃了。也许是你我之间的缘分未尽吧！"许生说："你这样的仁慈之心，定会感动天帝。"从此，他们又像从前一样相聚。几天以后，六郎又来告别。原来这次是他的善心感动了天帝，天帝任命他为招远县邬镇的土地爷，明天就要去上任了。六郎说："若不忘交情，你来看我吧。"许生担心人神不能相通，六郎再三叮嘱："你只管来就好。"

许生回到家，马上准备行装要去招远，无论妻子怎样劝阻，他还是执意要去。到了那儿，还真的找到一个叫邬镇的地方。他住进一家旅馆，向主人打听土地庙在什么地方。主人马上盘问他：“莫非您姓许？您的家在淄川县吗？”许生很惊讶：“是啊，你怎么知道？”主人什么都没说就出去了。一会儿，镇上的人纷纷跑来，将许生层层围住。大家这才告诉他说：“几天前，我们梦见神人说他的一个许姓朋友要来，让我们提供一些资助，我们已经等候多时了。”许生倍感惊讶，赶紧到土地庙里祭拜六郎：“自从和你分别，我每天都想着这事，现在终于来了，又承蒙你的关照，十分感激。今天只有一杯酒，若不嫌弃，请你接受吧！”到了夜里，他梦见六郎来找他：“你大老远地来看我，我是悲喜交加。但我还只是个小官，不方便与你见面。居民送你的那些东西，就当是我对你的报答吧。你要是确定了回去的日子，我会去送你的。”许生在这儿的几天，大家热情款待，还送他很多礼物。到回去的那天，大家一直送他到村外。忽然一阵旋风袭来，跟着许生走了十多里。许生知道这是六郎所化，便再三拜别说：“六郎珍重，不必远送。你的仁爱之心，定能造福一方百姓。”旋风盘旋了许久才离去。许生回家之后，因为获得的财物，家境也宽裕了些，便也不再打鱼。

好一段人鬼情，朋友能做到这种情分，着实让好多人自叹不如。我喜欢这样的王六郎，即便是鬼，却也做得比人强。尝尽人间冷暖的蒲松龄，对这样的友情也只有羡慕的份儿，因为他的大实话还在后面呢。异史氏曰：“身居高职，却不忘贫贱，这就是能成为神的原因。今天坐在车里的达官显贵，哪还能认识戴草帽的朋友？我的家乡有一位落第秀才，家里贫困，知道自己年幼时的朋友当了官，就想着去投奔。于是竭尽全力置办行装，走了上千里路，却让他大失所望，花光了所有钱卖了坐骑才回来的。”这才是人间常态。

有时候，朋友就是朋友，不要用你的标准和原则去要求他，别说朋友就该怎样怎样，别用你的价值观去绑架别人。人家帮你是情分，不帮你是本分。没有人是为你而活的，我们肩上的责任越多，顾虑的也就越多。人成熟的一个表现就是学会宽容别人，当然也包括朋友。人不能活得太自私，谁都没有义务为了你而放弃自己。

回过头，我们也该看看自己。在这个拼完爹妈，现在又开始拼朋友的时代，很多人都变得现实了。有一种朋友特别可怕，用到你的时候跟你好得要命，没你什么事的时候，根本都懒得找你。带有目的去交朋友的心态，本身就是对友情的亵渎，你又凭什么要求朋友这样那样？那些对你呼之即来，挥之即去的朋友，还是趁早从你的生命中删除吧。

其实，很多时候，“苟富贵，无相忘”的承诺都只是个美好的愿望，说得出你做得到吗？这个世界还是普通朋友多，知己就像是限量品，终究数量有限。所以，在友情的双行道上，一生有你当然最好，如果变成了最熟悉的陌生人，也别抱怨，这才是真实的世界。

都是斗嘴惹的祸

——害人害己的霍生

苏东坡与佛印和尚交情颇深，两人交流感情的方式也很特别——斗嘴。传说有一天，他们在林中打坐，苏轼问："你看我像什么？"佛印说："我看你像尊佛。"苏轼听后大笑，对佛印说："我看你就像一堆牛粪。"回到家，苏轼在苏小妹面前炫耀此事。苏小妹冷笑一下说："你又输了，参禅人最讲究的是见心见性，心中有眼中就有。佛印说看你像尊佛，那说明他心中有佛。你看佛印像牛粪，说明你心里只有牛粪。"

这样的斗嘴应该是斗得最和平的了。亏得佛印大师的大智慧和大气度，要是放在一般人身上，非得跟你好好理论一番。最后斗得恶言相向，大打出手也极有可能。小斗怡情，大斗伤身。最烦人的是，有些人为图一时之快，还伤及无辜，害人终害己。

文登县有个姓霍的书生，他与一个姓严的书生从小就很要好，长大了以后也经常爱开玩笑，顶起嘴来，谁都不让谁。霍生邻居有个老婆子，曾经给严生妻子接生过。有一次，老婆子偶然与霍生妻子聊天，恰巧聊到严生妻子的私密处有两个肉瘤的事。霍妻知道不要紧，可她偏偏又告诉了霍生，这下就出事了。霍生打算用此事气气严生，就和同伙们密谋好，听到严生将要走近时，故意小声说："某某的妻子曾与我私通。"大家都故意表示不相信，霍生就编造了事情的始末，并且说："你们不信，我知道她私密处有两个肉瘤。"这时严生正好走到窗外，听得清清楚楚，当即转身回家拷打他的妻子。妻子深感委屈，说根本就没有这回事，可严生不信，打得更厉害了。妻子不堪忍受这样的虐待，又觉得很无辜，就上吊自杀了。霍生这才觉得事情严重了，后悔莫及。但他始终也不敢向严生说明真相，为严妻正名。

严妻虽然死了，但她的鬼魂每天夜里都啼哭，哭得严家上下都不得安宁。没过多长时间，严生突然也死了，从此以后就再也听不到鬼哭。此后，霍生的妻子每天晚上都会梦见一个披头散发的女子朝她大喊："我死得好惨啊，我要让你们夫妻俩也不得安生。"霍妻夜夜都睡不好觉，没多久也生病死了。霍妻死后便轮到了霍生。一天夜里，他梦见一个女子指着鼻子骂他，还用手扇他的嘴。霍生从梦中惊醒，感觉嘴唇隐隐作痛，再用手一摸，已经高高肿起。三天之后竟成了两个小肉瘤，怎么治也治不好。从此霍生再也不敢大声说笑，只要嘴张得太大，就会疼痛难忍。

在《霍生》后面还有一个故事：本县一个姓王的书生，与某生关系很好。某生的妻子正好回娘家，王某知道她骑的驴容易受到惊吓，就先埋伏在草丛里，等到某生的妻子骑驴走到这儿的时候，他就猛然跳出来，驴受了惊吓把妇人摔落在地。赶驴的童子没有力气把她扶上驴，王某就假装殷勤地扶妇人上驴，半搂半扶，抱得很紧，某妻也不知道他是谁。王生占了点便宜就得意扬扬，见了人就说小童去追驴时，自己和某妻在草丛里私通，还把妇人穿的衣服、裤子、鞋的样式说得很详细。某生听说这件事后，惭愧地走开了。没过多久，王生从窗户缝里看见，某生满脸凶相，一手握着菜刀，另一只手抓着妻子朝自己走来。王生吓得跳墙就跑，某生在后面穷追不舍，追了两三里路才回去。某生因为拼命地跑伤到了肺，因此得了哮喘病，好多年都没治好。

不管是霍生还是王生，都是恶果自食。王生还好，只是他自己受到了报应，霍生就不太公平了，凭什么他犯的错要让另外三个人陪他一起受罪？说到底，这是两个男人之间的恩怨，你们在外面斗得你死我活、天昏地暗，谁也管不着，可你别伤及无辜啊，别说别人的妻子了，就连自己的妻子都变成了牺牲品。天下女人，对于这样的男人千万不可饶恕。

《天龙八部》中，姑苏慕容氏最厉害的招式就是“斗转星移”：将对方的招式反击在他自己身上，看起来好像是使出了跟对手一样的武功将对方打倒。让一个人死于自己的成名绝学下，这不是很可怕吗？严生妻子就使用了“以彼之道，还施彼身”这招，你用什么方法对付我，我就用同样的方法对付你，以其人之道还治其人之身，公平合理，畅快淋漓。“私病加于唇吻，神而近于戏矣”，神奇而又戏谑。

其实生活中爱斗嘴的人很多，无论大事小事，非要争论出个所以然来。为了那一时胜利的滋味，千百遍也在所不惜。可是有些玩笑能开，有些玩笑不能开。有些话越说越狠，自己以为是心直口快，殊不知你的某些言语已经触碰了听话者的底线。祸从口出，别为了一时的痛快招来麻烦。每次感觉情况不对了就该马上停手，非等到不可收拾的时候才知道后悔，只怕已经晚了。管好自己的嘴，霍生就是最好的证明。

妙手仁心

——朱尔旦的奇妙换心之旅

陵阳有个叫朱尔旦的人，性情豪放，但天生迟钝，学习很认真，却一直没有出名。一次，众书生一起饮酒，有人戏弄朱尔旦说："你素有豪气之名，若是能深夜到十王殿，背来左廊的判官，我们就请你喝酒。"十王殿的木雕装饰与彩绘都栩栩如生，尤其这个判官长着绿色的面庞、红色的胡须，面目狰狞，即使在白天也令人恐惧。朱尔旦却丝毫不觉害怕，起身就走了。不一会儿，他还真把判官背来，放在桌上，拿起酒杯，向判官敬了三次酒。众人都惊恐不已，只有朱尔旦还拜祝说："门生狂放不拘礼节，大师不要见怪，我的寒舍离这儿不远，你有兴致就来找我喝酒，不要客气。"说完就背走了。

第二天，众书生按约定请他喝酒。晚上他醉醺醺地回到家，觉得不尽兴，一个人又喝了起来。忽然有人掀帘走了进来，仔细一看竟是判官，朱尔旦吓了一跳，以为是来取他的性命的。判官笑着说："我是来赴约的。"两人推杯换盏，交谈甚欢，朱尔旦才想起问他的名字，判官说："我姓陆，没有名字。"他们还谈到了应制文章，陆判也略知一二。朱尔旦已经喝了一整天，早早就醉了，等他再醒来，陆判已经走了。

从此判官两三天就来一次，两人感情也更加融洽。朱尔旦还把自己的文章给他看，陆判说他写得不好。一天晚上，朱尔旦醉倒一边，忽然在梦中觉得胸腹微微疼痛。睁眼一看，陆判就坐在床边，正在给他开膛破肚，朱尔旦惊愕地说："我和你无冤无仇，你为何要杀我？"陆判笑着说："别害怕，我正在为你换一颗聪明的心。"完成之后，床上没有一丝血迹，朱尔旦也只是觉得胸口有些疼痛。陆判说："文章写不好，是因为你的心窍堵塞了。我在阴间为你挑选了一颗好心，刚刚给你换上了。"从此，朱尔旦过目不忘，写文章也大有长进，还在当年的童试、乡试中都考了第一。一次，朱尔旦和陆判在家喝酒，喝醉时，朱尔旦说："我很感谢你的恩惠，可还有一事想请你帮忙。既然心肠可以换，面目也可以吧。我妻子容貌不漂亮，你能帮帮我吗？"陆判很爽快地答应了。几天后，陆判半夜带了一颗美人的头颅来，给他的妻子换上。结束后，陆判让朱尔旦把换下来的头藏到隐蔽处，才离开了。等朱尔旦的妻子醒来后，感觉脖子有点麻麻的，脸也不太舒服，用手一抹，手上竟有血污，于是赶紧叫婢女打水洗脸。见她满脸血迹，婢女也吓坏了。待朱尔旦的妻子洗完脸，婢女抬头一看，发现她完全变了个人，害怕极了。朱妻自己拿镜子一照，错愕不能自解，朱尔旦赶紧进去告诉了她缘故。

之前吴御史有个漂亮女儿，上元节时去游览十王殿，却被一个无赖暗暗盯上。无赖打探到她的住处，半夜潜入她的房间，想要强行非礼。吴御史女儿极力反抗还大声叫喊，无赖情急之下杀死了她。吴夫人听见吵闹声，便叫婢女去看看，没想到女儿竟让人给害死了。家里人把尸体抬到了厅堂上，头颅放在身体旁，一家人痛苦哀号。可更悲惨的事还在后面。第二天一早，家人掀开被子，发现女儿的头颅不见了，吴御史立即将此事告到了郡县。郡县于是全力缉捕犯罪分子，但是三个月过去了，还是没有消息。后来，有人把朱氏妻子换头的事告诉了吴御史，吴御史深感奇怪，就派人去朱家一探究竟。事实证明，他的猜想果然没错。于是吴御史亲自上门盘问朱尔旦，说是他杀了自己女儿。朱尔旦当然坚决否认，吴御史遂将他告到了官府。朱尔旦见大事不妙，赶紧去找陆判帮忙。在陆判的帮助下，女儿托梦给吴御史说："我是被杨大年所害，跟朱尔旦没关系。他觉得自己妻子不漂亮，陆判就把我的头和她的头换了，现在我虽然身体死了，可头还活着啊。"吴御史醒来后赶紧将此事向官府说明，官府一打听，果然有个叫杨大年的人，捉来审问，他便认了罪。事情解决后，吴御史来到朱尔旦家，还见了他的夫人，从此他们便以翁婿相称。

朱尔旦三次进京考试，都因违反考场规矩被取消资格，从此心灰意冷，如此过了三十年。一天晚上，陆判告诉他："你只有五天寿命了。"朱尔旦很悲伤，希望陆判救他，陆判说："这是上天注定的，我也无能为力，更何况生死都是一样，又何必为生而快乐，为死而悲伤呢？"于是，朱尔旦便开始为自己准备衣服、棺材，都穿戴完毕之后就死了。第二天，夫人正扶着灵柩痛哭，朱尔旦忽然飘飘忽忽地从外面走进来，吓了她一跳。朱尔旦说："我现在是鬼，因为担心你们孤儿寡母，就回来了。"从此以后，朱尔旦三两天就回来一次，照顾家里，教儿子朱玮读书识字。朱玮十五岁就考中了秀才，此后朱尔旦回来的次数就越来越少。一天晚上，朱尔旦告诉妻子天神派他去管理华山，事多路远，以后都不能来了。母子俩悲伤痛哭，朱尔旦耐心安慰，并嘱咐儿子："好好做人，十年后我们还会见一面的。"

朱玮二十五岁那年考中了进士，奉命去西岳祭祀，途中经过华阴时，意外碰见了父亲。父亲赠给他一把刀，说这刀能让他显贵，然后就连人带车瞬间不见了。刀上刻着一行字："胆欲大而心欲小，智欲圆而行欲方。"后来朱玮官至司马，还生了五个儿子，分别叫朱沉、朱潜、朱沕、朱浑、朱深。一天晚上，他梦见父亲说：“把刀送给朱浑吧。”他顺从了父亲的心愿。后来朱浑官做到总兵，很有政绩。

换心又换头，《陆判》中的场面足够血腥，科幻加惊悚，让读者不免毛骨悚然。传说阴间的判官大部分都是心地善良之人，判处人的轮回生死，对好人给予奖励，对坏人加以惩罚，让世间的因果报应在这里一一实现。判官所在的十王殿掌控着整个阴曹地府，每个殿都由一个王主管，而我们最熟悉的阎罗王，是第五殿主，总领十殿。判官、黑白无常、钟馗、孟婆神等都是十殿阎王麾下的大将。一般人对这个“世界”都是敬而远之，谁会主动想要接近他们呢？恐怕也只有那个傻里傻气的朱尔旦吧。没有换心之前的朱尔旦，“性豪放，然素钝”，却是个真性情的人，面对鬼神无所畏惧，只是真心敬畏判官，想要交下这个朋友。这位陆判也绝对是个至情至性之人，爱憎分明，否则也不会跨界来见他。无心插柳柳成荫，一位意外结交的好友，竟成就了他一段科举梦，一段美妻梦，开启了换心、换头的奇幻旅程。

人就是这样，越刻意追求的东西越得不到，越得不到就越想要。一个人有高追求是理所当然的，但千万不要把追求变成了强求，人需要的是积极的态度，不是千方百计地去拥有。一个不经意的举动就能让一个人的生活发生翻天覆地的变化，朱尔旦的无心之举，反倒成全了他。不像今天的一些人，做什么事都太有目的性，不愿意多浪费一点感情，一切都是利益为上，你的真心又在哪里？我的失落你未曾参与，我的欢喜也请你离它远去。真是被这种人盯上，或许像陆判一样目露凶光，不怒自威，才是吓跑他们的最好办法。

这心脏手术听起来更是神奇，就是现在危险性都极高的换心，在鬼判官的手里却这么轻易就完成了，要真有这种高科技，最开心的应该是广大学子和学生家长吧。心窍堵塞就换一颗心窍畅通的心，心思笨拙就换一颗聪明的心，换过之后保你马上见效。谁不想拥有一颗开窍的心，不为别的，只为看到自己不曾看到的世界，感受自己不曾有过的喜悦。对于朱尔旦我们只能是羡慕加羡慕，没人帮我们换心，也没有这样一颗七窍玲珑心给我们换。

人变聪明了固然是好，但副作用也随之产生了。得到一个好处，就会想要更大的好处，没有之前也不想，有了之后要更多。心智开窍后就嫌弃妻子长得丑，贪心之后终于给自己惹来了麻烦。要不是有陆判这位神通广大的朋友，他肯定免不了一场牢狱之苦。人都犯过得寸进尺的毛病，在说别人的时候理直气壮，可真发生在自己身上，一切的理智就都没了。人要是想要的太多，贪得无厌，最后握在手里的终究是一场空。

《荀子·解蔽》篇中有云："心者，形之君也，而神明之主也。"心是人神形的主宰，一切由心开始。虽然我们没办法移花接木，但至少我们可以改变自己。不管你的心是什么心，愚笨也好，精明也罢，有缺陷也不重要，重要的是你这颗心里装的是什么。心正了，人也就正了。

中国好儿子

——由鬼化神的祝生

世间流行着这样一种说法：行善者死后会上天堂，作恶者死后会下地狱，皆因他们累世的因果。有些人还有一些未报的仇，或是贪恋世间的某些事物，可能会变成我们所说的鬼。究竟人死后会上天堂、下地狱，还是变成无处可去的鬼？谁也无法确定。《水莽草》中的祝生则展示了一个人成鬼、鬼成神的循环范例，前提必须得是一个有功绩、有功德的鬼。

水莽草是一种有剧毒的草，如果有人不小心吃了它，会马上中毒而死，变成水莽鬼。传说水莽鬼跟一般的鬼不一样，不能投胎转世，必须有人因吃了水莽草中毒而死，来代替自己，才能转世重生。

楚地桃花江一带，水莽鬼特别多。有个姓祝的书生去拜访他的同年，途中热渴难耐，正好看见路旁有个棚子，一个老太太在那里，专给过路人提供茶水。祝生过去打算讨点水喝，老太太热情地给他端来一碗。祝生刚准备喝，突然鼻际闻到了一股怪味。他便放下碗，起身就要走，老太太拦住了他："君子稍等，老身这儿有好茶。三娘，快拿出一杯好茶来。"不一会儿，一个十五六岁的少女捧着茶走了出来。少女貌美如花，祝生被迷得神魂颠倒。他接过茶碗，觉得清香无比，便一饮而尽。两人相约晚上在这儿相聚，祝生就带着一撮茶叶继续赶路了。

到了同年家，祝生感觉一阵恶心，怀疑是茶水有古怪，就把整件事跟同年说了。同年惊道："糟了，一定是水莽鬼。此毒无药可救，这可如何是好？"祝生赶紧掏出茶叶辨认，真的是水莽草，又说了那女子的样貌，同年断言："定是寇三娘。她是南村财主寇氏的女儿，几年前误食水莽草死了，一定是她的鬼魂作祟。"有传言说若知道鬼的身份，将其穿过的衣物拿来煮水喝就能痊愈。虽然这方法只是传说，但总比坐着等死强。同年赶紧去找寇财主，据实以告。财主一想有人代自己女儿去死，坚决不给。同年气愤而返，祝生也愤恨地离开朋友家，赶紧往自家走，刚到家门口，祝生就死了。他死后，妻子不堪忍受贫困，半年后就改嫁了，留下他的老母亲和小儿子。

一天，老母亲正抱着孙子哭，突然见祝生从外面进来，祝母不由大吃一惊。祝生说："我在九泉之下听见您的哭声，心里难过，就回来侍候您了。儿子虽然死了，但已在阴间成了家，我们一起伺候你。"祝母关心是谁家女儿，祝生道："我死后去找寇三娘，她正准备要投生到任侍郎家，我赶去，强行阻止了她。现在她已是我的妻子了，我俩过得很好。"不一会儿，门外进来一位华服艳丽女子，正是寇三娘。虽然她是鬼，祝母还是十分欣慰。此后，三娘就住在这里操持家务，对待祝生的儿子十分爱护，对待母亲也十分孝顺。后来三娘希望把这件事告诉自己父母，寇家老两口得此消息大吃一惊，赶来求证。一看真是三娘，一家人抱头痛哭，祝生也赶快来拜见岳父岳母。寇父寇母见祝家如此贫寒，甚是酸楚，回去之后派来两个丫鬟，还送来了银两和食物，让他们的生活宽裕了些。一次，村里有人误食水莽草，中毒死了，死后竟然又神奇地复活。祝生承认此人是自己救活的，他被李九所害，自己赶走了李九，这人就活了。母亲连忙问他："你为何不也找个替身？"祝生回答："儿深恨此等辈，方将尽驱除之，何屑此为！且儿事母最乐，不愿生也。"做母亲的听到这话，也会感到很欣慰吧！从此，凡是有中水莽草毒而死的人，他的家人就来到祝生家祈祷，往往很有效。十多年之后，祝母生病去世了。祝母死后两年多，夫妇俩给儿子娶了媳妇。又过了一段时间，一天，祝生告诉儿子："天帝认为我有功于人世，封我为'四渎牧龙君'，现在就要去上任了。"不一会儿，只见"庭下有四马，驾黄幨车，马四股皆鳞甲"，夫妻俩穿着盛装，登上马车，瞬间没了踪影。儿子儿媳跪倒在地，痛哭流涕。后来，儿子到寇家要来三娘的尸骨，和祝生合葬在了一起。

水莽草，能入药治病，但也有剧毒，误食会中毒而死。这种植物在蒲松龄的笔下似乎很奇特，因为它的毒无药可解，而且必死无疑，只能"必再有毒死者始代之"，否则因此而死的人化作鬼后永生不得轮回。周作人在他的《水里的东西》中说过，他们家乡也有这一说法，凡是死于"五伤"（五伤即水、火、刀、绳、毒）的鬼魂，照例都会"讨替代"的，比如说"吊死鬼就时常骗人从圆窗伸出头去，看外面的美景（还是美人？），倘若这人该死，头一伸时可就上了当，再也缩不回来了。河水鬼的法门也就差不多是这一类。它每幻化为种种物件，浮在岸边，人如伸手想去捞取，便会被拉下去，虽然看来似乎是他自己钻下去的"。这么看来，寇三娘算是河水鬼了。而祝生会中这种毒，完全是他自身的原因——贪恋美色。年老的婆婆骗不了他，可一遇到貌美如花的年轻女子，一切的防备就都卸下了。自古就有"英雄难过美人关"之说，只是多数贪恋美色的人其实根本算不上英雄。

《论语·卫灵公》中记载："子贡问曰：'有一言而可以终身行之者乎？'子曰：'其恕乎！己所不欲，勿施于人。'"自己不想做的事，切勿强加给别人。祝生用实际行动践行了两千多年前孔子的八字箴言。可有些人就喜欢把快乐建筑在别人的痛苦之上，你过得不好，我也就放心了，虽然多数情况下是一句玩笑话，但也掺杂了几分真意吧。明明自己心中千般的厌恶，还一味地不顾别人感受，总有一天也会让你尝到这样的痛苦。

其实很多事情都在人的一念之间，是好是坏，是善是恶，是美是丑，是爱是恨，是福是祸，皆在一念之间。一念成魔，一念成佛。有爱就一定有痛，有舍就一定有得，重要的是知道什么对自己才最重要。如果你心存善念，即使你是鬼也是个善鬼；如果你满肚子坏水，即使你是神也是个恶神。祝生，三分鬼，七分神，就是因为心存善念，从鬼化神。

水莽草，我并未见过却渴望见到，我想看看它是不是真的美到让人甘受其毒。或者人都会有这样的一个过程，没有希望也没有绝望，被卡在一种状态中出不来，他们等待的或许就是那个能救他们的“替死鬼”。很多时候，人要学会化毒为药，经历过才能变恶为善，但愿祝生就是能解救你的那颗灵丹妙药。

潇洒走一回

——冯木匠爱得糊涂

夜色下，黎明湖畔，和着一股一股的湖面风，几个好朋友深情演唱着："我拿青春赌明天，你用真情换此生，岁月不知人间多少的忧伤，何不潇洒走一回……"潇洒的歌词唱出了我们潇洒的心声，我们曾经是如此潇洒地跳着，潇洒地闹着。可如今的九零后，嘴里唱着的都是"再不疯狂我们就老了"。或许我已经老了，但我仍然坚信，滚滚红尘，我们一定要潇洒地走过。

山东有个巡抚叫周有德，他要将前明藩王的王宫改造成巡抚的衙门。当时正在召集木匠，有个叫冯明寰的木匠在里面值班。一天晚上，冯木匠刚要睡觉，忽然看见一扇花窗开了一半，月光照进来，像白天一样通亮。他透过窗子远远望去，只见短墙上立着一只红鸡。就在他注目凝望之时，那只红鸡已经飞落到了地上。过了一会儿，一位少女从窗外露出半个身子向窗内窥视，冯木匠还以为是某个同伴的相好，就静静地听着，发现大家都已经睡了。夜深人静，又有美女出现，此时冯木匠的心里开始有了不安分的想法，暗暗地希望那少女能误入自己的房间。不大一会儿，少女果然跳窗进来了，径直扑到他的怀里。冯木匠的心里别提多高兴了，一句话也不说。两人交欢完毕，少女就离开了。从此以后，少女每天晚上都来。刚开始的时候，冯木匠还躲躲闪闪不敢开口问，后来就直接对少女说出了心中的疑惑：“你是不是找错人了？”少女说：“我不是误入了你的房间才和你相好的，我是真心诚意来投奔你的。”一听到这样的回答，冯木匠心中更加欢喜，从此以后，两人的感情越来越亲密。后来，工程结束，冯木匠也准备回家了，少女早早地就到野外等着他。冯木匠住的村子离府城本来就没有多远，少女于是跟他一起回去。少女进到冯家的屋子后，奇怪的事情发生了：家里人谁都看不到她。冯木匠这才知道原来这个少女不是人类。几个月之后，冯木匠的精神日益衰退，心里也更加恐惧，于是便请来法师替他镇妖驱邪，但却一点效果都没有。一天晚上，少女浓妆艳抹地来了，对冯木匠说：“世间的姻缘都有定数，该来的推也推不掉，该去的想留也留不住，我今天来就是和你道别的。”说完就转身离开了。

精心设计，制造巧遇，让人觉得一切都是命运的安排，冯木匠这一段奇遇记是可喜还是可悲呢？真不好说。一定有人觉得冯木匠占了大便宜，有这么一段艳遇，也一定有人觉得冯木匠太倒霉了，碰上这样一个非人类，还把自己弄得精神崩溃。我只是觉得，是冯木匠爱得太糊涂了。糊涂地开始，糊涂地结束，来也匆匆，去也匆匆。这一切对于冯木匠来说都那么突然，不想想少女究竟是何许人也、为什么而来，就跟人家发生亲密关系。情不知所起，转眼就要分离，我要是他，现在没准儿还在那儿傻眼站着呢。

少女是鬼还是妖，我们不得而知，但是在我眼里，她敢爱敢恨的作为，就是很多人遥不可及的。现代社会已经不是男追女的固定游戏模式，女追男也没什么丢人的，成功率可能还更高些。有时候，爱得执着，分得洒脱，这样就够了。任何时候我们都不该放过任何一个机会，错过后的悔恨是最要不得的伤感。一个人的生命不应当这样度过：当他回首往事的时候，因为错过爱情而悔恨，因为唯唯诺诺而羞愧。人就应该活得纯粹一点儿。

爱情和婚姻不同，拥有甜蜜的爱情不代表一定拥有幸福的婚姻，好的开始并不预示着好的结局，世界上没有一劳永逸的事情。如果一段感情到了非说再见的时候，就算是装也要装得洒脱。在女鬼发现男人想方设法要赶走她时，她决定做那个先说再见的人："我知道你在背后做了什么，也不想说你什么了，咱俩缘分已尽，是我要抛弃你了。"这才是蒲老先生想替女鬼说出的话，也是他唯一想要赞许的地方，鬼都能如此生活，人更要活得潇洒。女人尤其应该这样潇洒：轻轻的我走了，正如我轻轻的来；我挥一挥衣袖，不带走一片云彩。

看着一些女人在挽回一段终将逝去的感情时要死要活，不能说她们的做法是错的，只是每个人的方式不同而已。难道非要一番垂死挣扎之后才发现，自己已经回不去了吗？凡事见好就收，要不然输得最惨的还是自己。最难得的是，少女在结尾的那一段发言，值得太多人学习。多数情况下，我们在遇到不顺的时候，总喜欢抱怨个没完没了。其实，说第一遍的时候人家还能好心地开导你，说多了人家就懒得理你了。适当的抱怨是诉苦，过多的抱怨就是矫情。我们为何不也潇洒一回？

女人，要活得精致、洒脱。无论什么时候，都可以自己唱歌给自己听，好坏不重要，重要的是心情。该离开的时候就离开，一个优雅的转身，属于你的风景就在前方。

说到容易做到难

—— 不守承诺的女神

结婚礼堂中，在家人的陪伴、朋友的祝福和神职人员的见证下，新郎新娘许下彼此忠贞不渝直至生命尽头的誓言，这神圣而美好的一刻是多少女孩子梦寐以求的？此时此刻的男女都满怀着最真的心，可谁又能保证这誓言的有效期是一辈子？一生一世的承诺都不容易兑现，更何况是生生世世。

浙江会稽县有个梅姑祠，这个梅姑神本来姓马，老家在东莞。她还没过门时，丈夫就去世了，她便发誓不再嫁人，活到三十多岁就死了。族里人为了纪念她，为她建立了祠堂，称她为梅姑。

二百多年后的丙申年，浙江上虞县的一个金姓秀才进京赶考经过这里，在祠堂中看到了梅姑的塑像，不禁想入非非。到了晚上，金生梦见一个穿着金色衣服的丫鬟来传话，说梅姑请他去，他就随着丫鬟去了。到了梅姑祠，梅姑已经在屋檐下等着他，梅姑笑着对他说："承蒙您的关心，我很感激。若是不嫌弃我丑陋笨拙，我愿意以身相许。"金生默默地答应了。梅姑让他先回去，等给他安排好地方了就去接他。梦醒之后，金生心里特别厌恶，怎么会梦见女鬼想要嫁给自己呢？这天晚上，当地居民都梦见梅姑说："上虞的金秀才已经是我的夫婿了，你们应该在庙里为他塑个像。"第二天，全村的人见面一聊，发现大家做的梦都是一样的。族长怕玷污了梅姑的名声，自然没有照做。可没过多久，族长一家人都生病了，族长特别害怕，就立刻在梅姑的塑像旁塑了一个金秀才的像。像塑好之后，金生告诉自己的妻子："梅姑要来接我了。"于是他穿戴整齐之后就死了。金生的妻子痛恨至极，气急败坏地跑到祠里对着梅姑的像骂了好久，还不解气，又登上神座，抽了梅姑几个嘴巴，这才愤愤地离开。

异史氏说："没有出嫁就为死去的丈夫守节，不能说不贞洁。做了几百年贞洁的鬼，忽然改了操守，怎么能这样没有廉耻呢？大概是因为贞洁刚烈的魂魄不一定会依附在泥土做的塑像上，这梅姑祠从外观看有些灵异之处，发生了惊世骇俗的事情，都是鬼狐在作怪吧。"无论是鬼是神，梅姑还是值得尊敬的，至少蒲松龄这样认为。

整个故事中最无辜的是金秀才的妻子，丈夫去赶考本是再正常不过的事情，没想到半路杀出个程咬金，因为金秀才一时的淫念，竟让不知从何而来的女鬼给招了去，秀才妻子是招谁惹谁了？去梅姑祠发泄一下也是情理之中的事，终究她又能奈一个女鬼何？说来也奇怪，《聊斋志异》中的很多女鬼不爱公子哥，偏偏就爱那穷书生。可《金姑父》中的女鬼都已经变成了女神，怎么还是看上穷书生了？还是个结了婚的，眼光未免太差了点吧？若真是因为金秀才一时的歪心，那也只能说是自作孽不可活了。有时候，有些感情是我们玩不起的，千万别玩火自焚。

梅姑曾发誓永不再嫁，而且几百年来她也做到了，她的贞洁和勇气为自己赢得了所有人的尊重和世世代代的供奉，可如此贞洁烈女也终有坚持不住的一天。有些时候有些人，明明之前的所作所为都尽善尽美，唯独办错了一件事，这一件事就足以摧毁之前的所有。而很多人偏偏就只记得你的不好。于是之前的一切誓言顿时烟消云散，凡事都说着容易做着难，别轻易就许下诺言。

有些人还就是喜欢承诺别人：哎呀，放心吧，这点小事儿我帮你办了；你就什么都不用管了，全都交给我们办吧；没问题，这事我能解决，等我的好消息吧……每每听到这样的话，都让我觉得此人真不靠谱。我想每个人身边都应该有这样的人吧，满口地答应最后也还是不了了之。最讨厌就是这种人，给了人家巨大的希望却只换来了无尽的失望，这比最初就拒绝严重得多。

《狼来了》的故事教育了几代人，谎话说多了的下场就是再也没人相信你了。不说谎话就是让我们实话实说，说到就要做到，做不到的事也不要随口答应，别为难了自己又耽误了别人。不要轻易对别人说“我保证”或是“我发誓”，你跟谁保证，向谁发誓，承诺不是随口的一句玩笑话，而是一份承担。

三

狐仙狐魅篇

画皮（据清刊本《评注聊斋志异图咏》插图）

痴心汉也被炒鱿鱼

——聪明的阿霞

陈世美和秦香莲的故事从小就听老人们讲过，他抛妻弃子、忘恩负义的形象也早已深入人心。可戏剧终究是戏剧，几分真几分假在所难免，历史中的陈世美究竟是个怎样的人还值得考证。在历史不断推演的狂流中，陈世美虽然只有一个，但那一幕幕如有雷同，纯属巧合的剧情却一直在上演，演绎着喜新厌旧的男人将会受到怎样的惩罚。

《阿霞》这篇故事的主人公是一个叫景星的书生，他和陈生是邻居，两家书房仅隔一道矮墙。一日黄昏时，陈生路过一座荒凉的山丘，听见松林里传来女子的哭声。走近一看，是一个女子想要上吊。陈生问她发生了什么事，女子哭着说："母亲出远门了，把我托付给一个外姓哥哥，可是他对我不怀好意，我一个人也很孤苦，还不如死了。"陈生连忙劝解她，还请她暂时去自己家住。女子同意了。回到家，陈生点上灯一看，女子貌美非常，就产生了非分之想。女子大声反抗，吵闹声传到了隔壁。景星听到声音立刻冲了过来，算是解救了女子。女子一见景星，凝目停睇，看了好久才跑了出去，不知去向。

景星回到家里，刚要上床睡觉，女子笑盈盈地从里屋出来。

景星问她怎么回事，女子说："陈生的福气薄，不能把一生托付于他。"景星听后很高兴，问她姓名，女子说她叫阿霞，姓齐。两人说笑了一会儿，随后就一同就寝。阿霞每天就躲在景星的书房里，过了几日，阿霞说："我先离开几天，你这里人多嘴杂，以后我就只有晚上来。"到了夜里，阿霞果然又来了。几天后，阿霞告诉景星："我们俩感情虽然好，但始终算是苟且，我父亲在西疆做官，明天我跟母亲回去探望他，等我禀告了父母，就可以永远跟你在一起了。"景星问："那要多久呢？"阿霞说："十多天吧。"阿霞走后，景星便盘算着休了妻子另结新欢。此后便百般羞辱妻子，让她赶快离开。无论妻子怎样恳求，景星都无动于衷。妻子无奈，便回了娘家。景星紧接着把屋子粉刷一新，就等阿霞回来，可一直没有她的消息。景星的妻子多次表示想跟他复合，景星就是不同意，于是她就改嫁给了夏侯氏。夏侯家和景星家是邻居，因为地界问题，两家世代有仇。听说前妻嫁给了夏侯氏，景星更加气愤。

可是一年多过去了，还是没有阿霞的消息。一次，正逢海神祝寿大会，祠堂内外到处都是人，景星远远地看见一个酷似阿霞的少女，急忙追过去却没追上，于是懊丧地回家了。又过了半年，景星在路上偶遇一女郎，他一眼就认出是阿霞，但又怕认错，就先去问她的仆人。仆人说："这是南村郑公子的继室，已经娶了半个月了。"景星心想可能是自己认错了人。女郎听到后面的声音，回头一看，两人四目相对，正是阿霞。得知阿霞已经嫁人，景星大为恼火，喊道："难道你忘了我们的约定吗？"阿霞一听，也很气愤，反过来骂他："你个负心汉，还有脸来见我？"景星辩解："明明是你负我，怎么是我负你？"阿霞说："你负了你的妻子比负我还严重，对结发妻子尚且如此，何况是别人？过去因你祖上积德，你也榜上有名，我才以身相许，如今你抛弃妻子，阴间也削了你的职，王昌就是替代你的人。你我从此再无瓜葛。"说完阿霞就走了。她的话不久也全都应验了。这年开科，景星落榜，王昌第二名，郑公子也考中了。从这之后，景星的日子过得特别凄惨，四十多岁了还没有妻子，家境也越来越差，常常要去亲友家讨饭。

一次他偶然拜访郑公子家，郑公子热情招待，还留他住宿。阿霞看见了景星，跟丈夫说："我未嫁你之前，还受过他的恩惠，你帮帮他吧。"郑公子便留他在家住了几天。一天晚上，阿霞派仆人送了二十两银子给他，酬谢他以前的恩情。景星心里无比感激，回去后用十两银子买了个丫鬟做妻子，后来还给他生了个儿子。儿子长大后考中了进士。多年后郑公子死了，阿霞去给他送葬，送葬时，马车里空无一人，大家这才知道她不是人类。

有了新人就把旧人撇得远远的，为了一个来历不明的阿霞，景星决绝地抛弃了同甘共苦多年的妻子，最后落得个鸡飞蛋打的结果，实在是自作自受。杜甫笔下的"但见新人笑，哪闻旧人哭"，写尽了千百年来不堪回首的悲哀。

这应该是一种报应吧。佛教中有业果的说法，就是指恶业或善业所造成的苦乐果报。今天，"善有善报，恶有恶报"的道理并不是放之四海而皆准了，至少有很多人都未曾真正相信过，他们总是游走在善恶的边缘，带着侥幸生活。其实，人这一生，无论是好的结果还是坏的结果，都不是别人给你的，也不能算是一种得失或者赏罚。佛家有言："众生都是自己所造之业的主人，也是自己所造之业的继承者。"正所谓"不是不报，时候未到"，在无数次生命的轮回中，你总会看到你种的业结出了什么果。人在做天在看，我们在做任何事情之前，都应该先问问自己的心。

偏偏爱上你

——钟情凡人的仙女翩翩

《圣经》里说：上帝创造了天地，又用地上的尘土塑造了一个人的身体，用生命的气息吹进他的鼻孔里，这人就成了有灵魂的活人。世界上从此有了第一个男人，叫作亚当。上帝觉得亚当一个人太孤单，便在他沉睡之时，取走他的一根肋骨，用这根肋骨造了一个女人，叫夏娃。他们因为偷吃了禁果，被赶出伊甸园，成为人类的祖先。从此女人就变成了男人身上的一根肋骨。或许你还无法确定自己是谁的肋骨，或者谁又是你的肋骨，但可以确定的是，翩翩一定是罗子浮身上缺少的那根肋骨。

《翩翩》中的男主角叫罗子浮，从小父母没得早，八九岁就跟着叔叔罗大业。罗大业位高权重，但没有儿子，他便把罗子浮看作亲生儿子。罗子浮十四岁的时候被坏人骗去嫖娼，迷上了一个金陵来的妓女。妓女回去金陵，他便也偷偷地跟去了。罗子浮在妓院待了半年，把钱都花光了，后来还染上了大疮，被赶了出来。于是，他就像乞丐一样沿街乞讨，又害怕自己客死异乡，就沿着回乡的路乞讨，终于到了邠州地界，却因自己这副德行不敢回家。

天黑了，罗子浮打算到佛寺借宿，半路恰巧遇到了一位貌若天仙的女子。女子问他要去哪里，罗子浮就把事情的来龙去脉都告诉了她。女子说自己是出家人，还邀请他去自己的山洞住。罗子浮自然十分乐意。来到洞府，女子让罗子浮去小溪里洗个澡，说这水能治好他的大疮，洗完又让他早点睡觉，还用叶子为他剪裁了衣服。第二天起来，罗子浮发现身上的大疮都结痂了，他正在想叶子做的衣服该怎么穿，拿过来一看，竟然成了绸缎衣服。叶子不仅能变成衣服，还能变成美食。女子用叶子做成了饼、鸡、鱼，罗子浮一尝，果然都是真的。在这儿休养了一段时间后，罗子浮的病好了，结痂也都掉了。恢复健康的罗子浮，又暴露出本性，想要和女子发生亲密关系。女子生气地说："轻薄儿！甫能安身，便生妄想！"这次罗子浮还真不是妄想，他仅以一句"聊以报德"，就轻松地瓦解了女子的坚定。两人于是共相欢好。

一天，一个少妇来到山洞里，一进来便笑着说："翩翩，你过得很快活呀。"此人正是翩翩的好朋友花城，前不久刚生了个女儿。三个人坐下来边喝酒边聊天。但是罗子浮居然好了伤疤忘了疼，看花城年轻貌美，色心又起，假装俯身捡果仁，实际是想偷偷摸花城的脚。花城假装泰然自若，就在罗子浮心神恍惚之时，他身上的衣服马上就变成了叶子，等他心神镇定下来，衣服才慢慢恢复，还窃喜没被她俩发现。过了一会儿，他又劝花城喝酒，趁机用手指挠她的掌心。花城又假装没有感觉，而罗子浮早已心神不安，结果他的衣服又变成了叶子，过了好一阵才变回来。罗子浮一看情况不对，便不敢再造次。她俩既非凡人，自然知道子浮的小动作，衣服变树叶，只是小惩大诫罢了。花城走后，罗子浮还担心翩翩会责骂他，可翩翩还像平时那样对他一般无二。

第二年，翩翩生了个儿子，聪明英俊。罗子浮虽然整天陪着儿子玩乐，心里却思念故乡，想邀翩翩一起回去。翩翩却不同意，说："不然君自去。"这件事也就暂且搁置了。几年后，儿子渐渐长大，与花城的女儿订了婚。罗子浮见时机成熟，便又提起回去照顾叔叔，翩翩这次答应了他，等儿子结婚后，去留他自己决定。不知不觉，儿子已经十四岁了，也到了该成亲的年纪，就和花城的女儿结了婚。婚后，儿媳对翩翩很孝顺，一家人其乐融融。罗子浮再次提出想回家，翩翩说："子有俗骨，终非仙品。儿亦富贵中人可携去，我不误儿生平。"一家人就要分离了，临走之前，翩翩安慰他们以后还可以再回来。翩翩用叶子剪成一头驴，让他们骑着回去。

此时的罗大业早已归老林下，还以为侄子早就死在了异乡，突然看到他带着孙子和孙媳回来，高兴得不得了。后来，罗子浮思念翩翩，领着儿子回去看她。可回去一看，已是黄叶满径，洞口路迷，两人只得流着泪离开了。

翩若惊鸿，婉若游龙。曹植笔下的洛神之美让人喟叹，感叹着"此女只应天上有，人间能得几回闻"的惊艳。蒲松龄笔下的仙女也自不必说，翩翩，光听名字就知道是个大美女，而且还是位神仙姐姐。神仙姐姐的名号似乎与生俱来就有股救苦救难的味道，翩翩也的确如此，"容貌若仙""品行若仙"。本来一无是处、人见人躲的罗子浮，偏偏得到了仙女的青睐，从此改写了人生。可仙境始终是仙境，人还是得回归尘世，所以就有了"黄叶满径，洞口路迷，零涕而返"的结局。

喜欢一个人确实很奇怪，并不是因为对方长得很帅或者很有才华，也可能仅仅是欣赏，有时候不完美反倒更能吸引人。罗子浮的成功蜕变再次证明，每个成功男人的背后都有一个伟大的女人。女人就是有这样的能力，用她的和风细雨、温情滋养、潜移默化，决定了男人成长的轨迹。借用林徽因的一句诗："你是爱，是暖，是希望，你是人间的四月天。"

做比情人更好的朋友

——娇娜和孔生间的爱与情

说起第四者，你可千万别顺着第三者的意思往下理解，否则就大错特错了。何为第四者？比爱情少一点、比友情多一点，只爱一点点、不要那么多，像是红颜知己和蓝颜知己，介于情人和朋友之间，算是一种绿色无公害的感情。其实这种微妙复杂的情感并不是当代社会的专利，早在蒲松龄的笔下就已出现过：我们之间有爱，但那不是爱情。

《娇娜》中的男主人公是一个叫孔雪笠的书生，为人豁达有涵养，还精通诗词。他的一位好友在浙江天台当县令，写信叫他去。孔生满心欢喜地到了天台县，等待他的却是一个噩耗：好友去世了。好友没见到，钱也花光了，孔生连回家的路费都没有，就只好寄住在普陀寺里。寺的西面不远处有一所单先生的宅第，单先生死后，由于家业萧条，人都搬到乡下居住，宅子也就空了。

一天，孔生偶然路过单先生家门前，一个长相标致的少年从里面走了出来，看见孔生便上前问候，还邀请他去家里坐坐。孔生见他风采出众，很有“眼缘”，慨然跟他进去。孔生看他住在单家大宅，就以为他是这家主人。少年仔细询问着孔生的近况，为他出谋划策，还建议他开馆收徒。孔生担心不会有人愿意做他的学生。

没想到的是，少年立即毛遂自荐。孔生欣喜，不敢当师，愿为友。两人闲聊，少年说自己并非单家人，他姓皇甫，祖上住在陕西，因为家宅被火烧了，才暂时安顿在单家的空宅里。当天夜里，孔生就在这里住下。一大早，孔生还没起床，一白发老翁便进来致谢道："先生不弃我顽儿，肯教于他，十分感谢。"此人正是公子的父亲，特意前来感谢孔生，并从那日开始，好吃、好喝、好穿地招待他，这让孔生有些受宠若惊。

研究了一天学问，到了晚上，公子说："今晚让我们不醉不归，明天开始就不行了。"他还叫来婢女香奴，为他们弹琴助兴，直玩乐到三更天。第二天一早，两人便开始一起学习。公子很聪明，二三月后，已经命笔警绝。两人约定每五天喝一次酒，每次必叫香奴。一天晚上，孔生酒酣耳热，直勾勾看着香奴。公子看出了他的心思，答应日后定为他寻个佳人相伴。

孔生这一住就是半年。当时盛夏湿热，孔生的胸上起了一个很大的包，痛苦非常，还越来越严重。公子只好请来自己的妹妹娇娜为他治病。故事情节发展到这里，女主人公才终于出现："年约十三四，娇波流慧，细柳生姿。"简单的几个字就把娇娜动人的姿态描绘了出来。虽说秀色可餐，对于孔生，秀色亦可治病："嚬呻顿忘，精神为之一爽。"娇娜细心医治，为他动刀除病。治疗期间，孔生不觉疼痛，反而"恐速竣割事，依偎不久"。治疗结束，娇娜很快离开，孔生自此却陷入了深深的思念中。公子明白孔生的相思之苦，告诉他已为他选好对象，是表妹阿松。孔生本欲婉言拒绝，公子劝说："阿松年十八，长得还不错，明天她会到园中亭子里，你若不信，可远远地看看她。"孔生索性就偷偷地看了一下，觉得阿松和娇娜一样美丽动人，也就点头应允。两人你情我愿，第二天晚上就成婚了，婚后的日子也很幸福。突然有天晚上，公子对孔生说："单公子不日就要回来，并急着索要房子，我们也要搬走了，日后恐怕很难再见，真是舍不得你啊。”孔生原打算跟他们同行，但公子劝他带着松娘回家乡去，正在孔生感到为难之时，公子说：“我现在就送你们回家。”随即，公子带着他和松娘，腾云驾雾，一会儿就到了孔生家。孔生这才反应过来，公子原来并非人类。

回到家后，孔母喜出望外，松娘又十分贤良孝顺。后来孔生还中了进士，做了延安府的司理官，一家人幸福美满。可好景不长，孔生因忤逆圣旨，被罢了官。一次偶然的机会，孔生去郊外打猎时重遇皇甫公子，多年未见，真是悲喜交加，自然要好好欢聚一番，孔生便带着松娘在皇甫公子家住了几天。孔生心里始终没忘娇娜，还向公子打探她的情况，才知道娇娜也嫁人了。巧合的是，娇娜和丈夫吴郎也在此时来到公子家。许久未见的两人再一次相遇，而此时他们已是姐夫和小姨子的关系，昔日的情感只能永远埋藏在心底。

患难见真情，不久，皇甫一家遇到了一场大劫难。此时孔生挺身而出，而且义无反顾。紧急关头，为了救出被鬼物抓走的娇娜，孔生不惜牺牲自己的性命。待娇娜醒后，见此情状，大哭曰：“孔郎为我而死，我何生焉！”随即“以舌度红丸入，又接吻而呵之”。没过多久，孔生醒了，眼见家人都在，欣喜不已。危难平息后，大家便商议着一起去孔生的家乡生活，唯独娇娜担心公婆离不开吴郎，犹豫不决。忽然，吴郎家的仆人送来消息，说吴郎家也遭受劫难，无一幸存，娇娜一听，悲伤不已。在所有人的劝说与安慰下，娇娜恢复了平静后，决定跟他们一起走。故事的结尾是所有人都随孔生回乡了，大家高高兴兴地生活在一起，孔生和娇娜成为至交好友，不再有儿女私情。

孔生和娇娜，他们不是情人，却情逾情人。就像蒲松龄在故事末尾的评说：“余于孔生，不羡其得艳妻，而羡其得腻友也。观其容可以忘饥，听其声可以解颐。得此良友，时一谈宴，则‘色授魂与'，尤胜于'颠倒衣裳'矣。"

对于蒲松龄来说，最值得羡慕的是有这样一位亲密的朋友，那是一种心照不宣的默契，一种情投意合的传递。正所谓"人生得一知己足矣"，更何况还是一位红颜知己。这种情感应该正是他和顾青霞之间的投射吧。步入而立之年的蒲松龄，为了一家人的生计，去做了宝应县令孙惠的幕僚。顾青霞是孙惠在宝应县新纳的小妾，平日里，他们的接触自然也就多了一些。顾青霞多才多艺，能歌善舞且喜欢吟诗作文，蒲松龄的倾慕之情便也油然而生。可命运让两人成了惺惺相惜的腻友，而且也只能是腻友。他们互相欣赏，互诉衷肠。他们的关系类似于今天的第四者，只是停留在精神层面的情愫，绝不会有个人私欲。

其实羡慕的又何止蒲松龄一人，这对每个人来说都是值得艳羡的事情。但我们也必须承认，知己是份很危险的关系，不是谁都能承受得起的。得到该得到的，给予该给予的，你们之间能做的也只是心灵上的温暖。

做一个聪明女人，不管你是谁的红颜知己，谁又是你的蓝颜知己，你们之间只是朋友，是比情人更好的朋友。

魅力女人

—— 智慧恒娘的御夫宝典

如果你是女人，你是否想过，自己是个有魅力的女人吗？也许你有倾国倾城的美貌，也许你是普通人眼中的丑女，再也许你只是长相平平的邻家女孩，这些都不能作为判定你是否有魅力的唯一标准。一个人的魅力可以表现在很多方面：蒙娜丽莎那神秘的微笑，安吉丽娜·朱莉那性感的嘴唇，抑或是撒切尔夫人那坚定的眼神。每个女人都凭借自己独特的魅力征服了别人，《恒娘》中的狐狸精也向我们展示了她如何征服男人的魅力。

有个叫洪大业的人，妻子朱氏还算漂亮，两个人相亲相爱、相敬如宾。后来，洪大业纳婢女宝带为小妾，宝带的相貌远不如朱氏，可洪大业却格外宠爱她。为此朱氏心里很不平衡，两人就此反目成仇。后来，洪家迁居，与一个姓狄的绸缎商做了邻居。狄氏的妻子恒娘过来拜访朱氏。恒娘三十多岁，长相中等，说话轻声动听。朱氏一见她就很喜欢。第二天，朱氏就去回访恒娘，看见她家也有一个小妾，二十多岁，非常美丽。住了半年多，朱氏发现狄氏钟爱恒娘，小妾很不得宠。朱氏觉得奇怪，便向恒娘讨教如何拴住老公的心。恒娘坦诚地告诉她："你自己有意疏远，怎么能怪罪男人呢？你整天在他面前絮絮叨叨，让他心烦，他自然就远离你，回去以后，你要放松对丈夫的管束，尽量疏远他，即便他来找你，也不要理他，一个月以后，我再告诉你接下来该做什么。”

回家以后，朱氏按照她说的做，拉近丈夫和宝带的距离，自己却有意远离。于是朱氏贤良大度的名声便传开了。这样过了一个多月，朱氏去找恒娘，恒娘告诉她：“这次你回去之后，要彻底改变一下装束，不穿华丽的衣服，也不涂脂抹粉，最好是敝衣旧鞋，蓬头垢面，干下人干的活，一个月后再来找我。”朱氏回去之后，完全按照恒娘说的做，每天晚睡早起地干活。丈夫觉得她可怜，让宝带帮她，她却一直拒绝。就这样过了一个月，朱氏又去请教恒娘。恒娘说：“后天就是上巳节，洪大业肯定会找你去踏青，你务必要打扮得花枝招展，焕然一新，打扮完了到我这里，我有话对你说。”到了那天，朱氏早早地打扮好来找恒娘，恒娘又帮她整理了一番，并叮嘱她说：“回家之后先去看看你的丈夫，然后就赶紧关门睡觉，他来找你也不要理会，要是来的次数多，可以让他进来一次，但千万不可有亲密的接触，半个月后你再来找我。”朱氏回到家，一身靓丽地去见丈夫，洪大业的反应是又惊又喜。朱氏没说几句话，就表现出慵懒的姿态。天还没黑，便进屋睡觉了。不一会儿，洪大业果然来敲门，朱氏没有理他。第二天，还是如此。第三天，洪大业再也按捺不住，太阳刚刚偏西，就马上去朱氏房间等她回房。这一晚，夫妻俩如胶似漆，又回到了新婚时的感觉。洪大业说明天还要来，朱氏却不同意，规定他至少三天才能来一次。

半个月后，朱氏来找恒娘，恒娘说：“从此你就能占专房之宠了。虽然你很漂亮，但缺少几分妩媚。”因此，恒娘亲自传授了朱氏几招妩媚之法，并告诉朱氏：“我的招数已经都传授给你，至于床笫之间的事情，就只能投其所好了。”朱氏回去以后，完全按恒娘教的做，彻底征服了丈夫。如此一来，即便朱氏再怎么撮合丈夫和宝带，洪大业对宝带也不动心。于是宝带对洪大业产生了反感，还到处说他的坏话。洪大业知道后更加憎恶宝带。一天，恒娘问朱氏："我的计策如何？"朱氏说："方法是好，可我还是不太明白这么做的道理。"恒娘告诉她："男人都是喜新厌旧、重难轻易的性情，丈夫爱小妾，往往不是因为美丽，他满足的是新鲜感。那索性就让他纵情享受，时间久了，美味佳肴也变得无味了，更何况是灰菜粥。你先自毁形象，让他暂时忘了你，等你再华丽地出现在他面前时，就像换了一个人，这就让他弃旧喜新。让你和他保持距离，是让他不能这么轻易得到你，这样你就变成了新的，宝带就变成了旧的。这就是易妻为妾的办法。"朱氏恍然大悟，从此和恒娘成了闺中密友。

几年之后的一天，恒娘突然告诉朱氏自己要离开了，还告诉她其实自己是只狐狸，小的时候，继母把她卖到了京城，幸亏遇上了一位好丈夫，才一直爱恋到今天，不忍和他分手。可是现在她的父亲就要离世，她必须赶回去，以后也不再回来了。朱氏一听，拉着恒娘的手伤心流泪不止。等第二天一大早再赶到狄家时，恒娘已经不见了。

恒娘对朱氏的一番教育给已经为人妻和将要成为人妻的女性都上了一课——怎样在女人和女人的争斗中取得胜利，让你的爱人、丈夫心里只有你。谁也无法保证自己的婚姻不会半路出现个拦路者，在一场婚姻保卫战中，通常只会有两种结果，一是赢得干净利落，二是输得惨烈彻底，要战就要赢，学会斗智斗勇是想要维护婚姻女性的必修课。

恒娘绝对算得上个中高手，马瑞芳称其为"狐媚之花"，她深知男人想要的是什么，也懂得该如何"易妻为妾"。先是有意避开，其次颠覆自己、博取同情，接着精心打扮、焕然一新，再来欲擒故纵，最后一个画龙点睛，可谓步步为营，将宝带彻底击败，再无力抵抗。"容身固宠，皆有心传"，任何一个能保住自己地位、坚固自己宠爱之人，都有自己的一套办法，恒娘的每一步棋都迸发出女人的魅力与智慧。朱氏是幸运的，遇到恒娘这样的“御夫”高手帮她出谋划策、夺回江山，可真实发生在无数女人身上的不幸又能得到谁的帮助呢？

女人啊，我们应该靠的是自己。无论什么时候，都应保持在最佳状态，不仅让看的人赏心悦目，也让自己时刻情绪高涨，因为你的不期而遇可能就在下一个转角。处在夫妻生活中的女人更应如此。岁月的累积应该让一个女人更具韵味，而不是更加拖沓。很多女性在刚结婚时还保持着少女情怀，时不时搞点小浪漫，制造点新鲜感和小惊喜，可时间久了，惊喜没了，新意没了，留下的恐怕只有不修边幅了。别忘了，全世界你最该在意的人是你的丈夫，收起你的无所谓和习惯感，懂得人总是喜新厌旧的，保持新意才是王道。

女人啊，你可以不漂亮，也可以很普通，但你一定要有魅力。我们不需要羡慕别人，因为你的魅力无人可替。勇敢地向全世界证明，你拥有喜爱的工作，拥有心爱的家，拥有深爱的他。

“东施”也有真爱

——错爱的丑狐

世人多爱赞美西施，为她的倾国倾城，为她的大义凛然。但她和范蠡的爱情故事到底是真是假，众说纷纭，我倒宁愿这不是真的。本是相爱的两个人，范蠡却亲手将她献给了吴王，虽说国难当头，却背弃了自己的感情，谁敢说西施心里没有那么一刻觉得她此生错付了呢？不管你是西施还是普通人，就算是东施，在爱情的国度里，也要做个明眼人，千万别犯糊涂，因为爱情与美丑无关，只与真心相伴。

有一个姓穆的书生，家境贫寒，冬天连件棉衣都没有。一天晚上，他正独自无聊地坐着，一个女子走进他的房间，穿着华丽，但是长得又黑又丑。女子笑着说：“你难道不觉得冷吗？”穆生吃惊地问她是什么人，女子实话实说道：“我是狐仙，可怜你如此孤寂，姑且让我来给你一些温暖吧。”穆生畏惧她是狐狸，又嫌她长得太丑，大哭起来。女子马上掏出元宝说：“若相谐好，以此相赠。”穆生一听，还有如此好事，就爽快地答应了。天快亮了，女子起身要走，嘱咐穆生：“用这些元宝买些柔软的丝绸被褥，剩下的用来做棉衣、吃饭，足够了。若你能跟我一直好下去，就不用再过穷苦日子。”说完就离开了。穆生把这件事告诉了妻子，妻子竟然也很高兴，还为他们准备下新的被褥。女子晚上一到，看见铺盖焕然一新，高兴极了。此后，狐仙每晚都来和穆生过夜，每次离开，也一定会留下些银子。

过了一年多，穆生的日子过得越来越好，成为大户人家。而狐仙给他的钱却越来越少，穆生由此便开始厌烦她。还专门请了一个会法术的人到家里，在门上画了个鬼符。女子看到门上的鬼符，一口咬下来扔到一边，进屋指着穆生的鼻子骂道："你个忘恩负义的小人，太过分了，想要我离开可以，但是要把我之前给你的都还回来。"说完就愤愤地离开了。穆生心生恐惧，请来术士开坛作法。还没有开始，术士就忽然倒地，满脸鲜血。众人看到这种情景，吓得都跑了。紧接着穆生家被石头砸了个乱七八糟，穆生吓得躲到了床底下。突然，一女子抱着一只猫头狗尾的怪物进来，让它去咬穆生的脚。穆生疼痛难忍，向女子求饶。女子说："把所有的财物都交出来，我就放了你。"穆生连连答应，把藏钱的地方告诉她。女子只找到二百多两，还差很多，就指示怪物再去咬他。穆生苦苦哀求，女子限他十天之内偿还六百两银子，待穆生答应后才抱着怪物离开，而且带走了家里的所有财物，只剩下当年那床破被。为了那十天的约定，穆生赶紧变卖了仆人、衣物，凑够了六百两。十天后，女子果然来了，拿着钱就走了，一句话也没说。从此两人再无来往，穆生的生活又回到了从前一样的贫苦。

后来，丑狐又跟邻村的于氏好上了。于氏以农为业，家庭也不富裕。但是三年间，于氏捐资做了监生，家境越来越富足。一次，穆生偶然去郊外走走，竟然碰上了丑狐，就默默地跪在道旁。丑狐一句话没说，扔给穆生五六两银子转身走了。后来于氏去世得早，丑狐便经常到于氏家去，拿走她曾经送给于氏的东西。于氏的儿子一看到她来，就祈求她顾念旧情，别让他们又回到以前穷苦的日子。丑狐这才再也不来了。

故事中的男一号是个典型的负心汉，因为钱财屈服，最终也因为钱财得到报复。最后落得个“生足创，医药半年始愈，而家清贫如初矣”的下场，也是罪有应得。“既受其德，即鬼物不可负也。既贵而杀赵孟，则贤豪非之矣”，蒲老的点评一语中的，怪不得他会站在鬼物一边，感叹着人不如狐，这确实不应是人之所为。当初穆生虽未看上丑狐，因为她的钱也还是动心了。既已接受了丑狐的恩惠，就应该懂得知恩图报。得人恩果千年记，得人花戴万年香，丑狐这样大的恩德穆生却仅仅记了三年。狐女大战负心汉，让看的人也大快人心，正是蒲松龄的妙笔之处。

所以，一念天堂，一念地狱，穆生瞬间从天堂又跌回了地狱。

纵然穆生可恶至极，丑狐也难逃其责。人是她选的，钱是她给的，付出就有回报，只是这回报的好坏、回报的多少你无法预知，只能承受，谁让你把真心交给了一个如此虚情假意之人？看上这样的人，只能说你识人的眼光太差了。长年累月地接触，总会有装不好露馅儿的时候，如果连这点眼力都没有，人家不害你害谁？

女人有个通病，一旦陷入爱情就容易当局者迷，无论是多聪明的女人。历史的教训告诉广大女性朋友们，在选择另一半时，一定要擦亮双眼，别被那些另有所图的小人利用了，最后落得个赔了夫人又折兵的下场。交友不慎只能自己受罪，如果最后存留的也只是金钱层面的情意，那真是可悲可叹了。

其实不只选择男友要谨慎，交朋友时同样要慎重，别让你的真心最后换来了人家的算计。《庄子·外篇·山木》中云：“且君子之交淡若水，小人之交甘若醴。君子淡以亲，小人甘以绝。彼无故以合者，则无故以离。”朋友不在乎多少，有一两个君子之交足矣。

友谊也可以有很多种，明代名士苏浚在《鸡鸣偶记》中把朋友分为四类：“道义相砥，过失相规，畏友也；缓急可共，死生可托，密友也；甘言如饴，游戏征逐，昵友也；利则相攘，患则相倾，贼友也。”或许对于有些人来说，最需要的还是第五类朋友：招之即来，挥之即去。在你还有利用价值时尽量利用，利用完就不闻不问，损友也。

尽管如此，我们仍然要感谢生命中那些不曾真心对待我们的“朋友”，是他们让我们渐渐成长，让我们经历了生命中的坎坷，也让我们渐渐学会了慧眼识人，并亲身告诉我们：交友需谨慎，你我共勉之。

一花一世界

—— 摆正位置的毛狐

一花一世界，一木一浮生，每个人都是一朵花，每朵花都有自己的世界；每个人都是一方木，每方木都有自己的沉浮。人生舞台上，每个人都有自己的专属位置，找错了坐标，只怕你会活得很累，就好像一只误入了平缓水域的鲸鱼，结局很可能是被搁浅。如果你还不确定自己的位置，那就让《毛狐》来告诉你，你的位置在哪儿。

农民出身的马天荣，二十多岁，妻子死了之后，因为家里穷就没有再娶。一天，他在田间干活，看见一位浓妆艳抹的少妇从田埂上走来。马天荣以为她迷路了，环顾四下无人，就上前挑逗她，少妇也不怎么推拒。马天荣便想要跟她欢好。少妇笑着说："光天化日，怎么能干那种事呢？你暂且回去，晚上我会找你。"马天荣把自己家的住处详细地告诉她，少妇才离开。到了晚上，少妇果然来了，两人同床共枕。马天荣觉得少妇的皮肤特别滑嫩，点灯一看，她的肌肤像婴儿一般柔软光滑，浑身还长满了细毛。马天荣觉得特别奇怪，又觉得她来路不明，心想莫非她是狐仙，就开玩笑似的问她。没想到，那少妇竟爽快承认。马天荣说："既然你是狐仙，自然要什么有什么，能不能弄点银子救济救济我？"少妇答应了。可是第二天晚上马天荣向她要银子时，妇人却说忘了带。等到早上少妇要走时，马天荣又嘱咐了一遍。到了晚上少妇来时，马天荣问："我要的东西没忘吧？"妇人说再给她几天时间。对于要钱这件事，马天荣真是不依不饶，非要到不可。几天之后，少妇终于掏出了两锭银子给他，马天荣特别高兴，还特意将银子包好藏在柜子里。

半年后，有一次他急着用钱，便把钱拿出来给人看，结果却发现银子变成了锡块。马天荣收起锡块，气急败坏地跑回家，就等着晚上少妇来。少妇一进屋，马天荣就开始数落她，少妇笑着说："子命薄，真金不能任也。"听了这话，马天荣更加气愤："听闻狐仙都是绝代佳人，看来也不是如此啊。"少妇说："我们是随着人变的，你连一金之福都没有，沉鱼落雁的美人你怎么消受？以我的丑陋虽不能侍奉上等人士，但和大脚驼背的人比已经是国色了。"几个月后，少妇突然给他三两银子，说："因你命里注定不应藏有银子，所以一直没给你。可现在到了你娶妻的时候，赠给你娶妻的银子，算是临别赠礼。两天之内，定会有媒人来提亲。"马天荣问及女子相貌，妇人说："当然是你想的国色了。"马天荣又问："为什么你要突然离开？"妇人说："我们整天这样也不是长久之计，你终究要有个妻子。"天一亮，少妇就离开了，临走时，还给他一包黄药面，说是能治好他日后的病。

第二天，果然有媒人上门提亲，马天荣问及女方相貌，媒人说在美丑之间，又问需要多少聘金，媒人说四五两即可。马天荣最后提出想亲眼见见这位女子，媒人怕人家良家妇女不肯抛头露面，就约马天荣一起去女方家看看。到了女方住的村子，媒人先行进去，让他在外面等候。过了很长时间，媒人才出来说："我的表亲正巧与她同住一个院落，那女子正在屋中坐着，你假装去拜访我的表亲，从她屋外经过时可偷偷看上一眼。"马天荣跟着媒人进去，看见一女子身子伏在床上，侍女在给她搔背，长相正如媒人所说。马天荣这下放心了，交付了聘金，选了个良辰吉日就把女子迎娶进门了。可娶进门才发现，她胸背皆驼，项缩如龟，下视裙底，莲船盈尺。马天荣一下傻眼了，这才明白狐仙从前说的话是有原因的。

异史氏曰："非祖宗数世之修行，不可以博高官；非本身数世之修行，不可以得佳人。"修行，多少有些佛家的味道。佛教认为时间是过去、现在和将来的包罗万象，每个人都在前世、今生和来世的三世中轮回，众生今世不同的业力在来世可以获得不同的果报，贪嗔痴可造成恶业，由恶业就招致了苦报。反之亦然，修善行也会得善果。人在遇到一件好事的时候，经常会说"真是几辈子才能修来的好福气"。好运不是碰来的，福气是修来的。没有福德，纵然得到了，也很快会失掉。做不了高官，得不到美人，也许是几世的修行不够，但这并不是让我们相信宿命，从此消极抵抗，这只是为了让人更好地看清自己，知道什么才是最适合自己的。

毛狐不只风采出众，智慧、思想尤其出众，对于马天荣，她懂得如何以其人之道还治其人之身。想要钱财，就给你几两"银子"，想要漂亮妻子，就给你个"国色天香"。少妇说"吾等皆随人现化"，也并非全是托词，在你想得到一切时，也该看看自己的斤两，"子且无一金之福，落雁沉鱼，何能消受？"以他的德行，就算是西施来了，恐怕也是那几两银子的下场：是锡也。

世界上的任何两种东西都不是随随便便在一起的，你能拥有的、你该拥有的，必然就会属于你。那朵牡丹纵然开得娇艳，但也许它的美丽并不是因为你，喜欢它，带走它，终究也是毁了它。马天荣的欲望也是如此，在他的世界里，狐仙应该是他最该珍惜的，但他贪财、贪色、无福消受却又搞不清状况。这样的人，确实也最适合"大足驼背"的相配。

一个人，摆正自己的位置太重要了，不要羡慕别人，也不要低估自己。每个人都有属于自己的天空，但你若连翅膀都没有了，还要怎么飞翔？女狐一开始就承认自己是狐狸，而且是一只姿色平平的狐狸，但最难得的是她摆正了心态，“以我蠢陋，固不足以奉上流，然较之大足驼背者，即为国色”。虽为狐狸，却比很多人更明白事理。

婆婆丁只要在路边就能繁殖得很好，月季花就算对它精心呵护也不见得能养活。一花一世界，每个人都是自己世界中那朵永不凋谢的小花，看清自己也就看清了世界，给自己定位也就是给世界定位。明白了这些，一无所有的你，即使只有一粒沙在手，也好像拥有了全世界。

女人的选择

——背信弃义的武孝廉

说到狐狸精，它最早代表的反而是祥瑞的正面形象，对夏朝的建立还有过特殊的贡献。传说大禹在治水时，整天忙碌而无心交女友，差点没了后代。有一次他走到涂山，遇到一只九尾白狐，心为之一动，便决定在此娶妻生子。后来他的儿子启就成了夏朝的开国之君。由此可见，这一形象只是在历史不断推进的过程中才变得愈发邪恶了。而在蒲松龄的笔下，很多狐狸精又恢复了最初的真善美，化身成有情有义之女子，《武孝廉》中的妇人就是一个典型的代表。

有一个姓石的武孝廉，带了很多银子去京城，打算谋求一官半职。可是刚走到德州，就突发重病，咯血不起，病倒在船上。他的仆人趁机偷了他的银子跑了，气得石某病情更加严重。没钱没粮，连船主都不打算管他了。有个女子夜里乘船停靠在附近，听说了这事以后，愿用自己的船载石某。船主十分高兴，赶紧把石某扶到了她的船上。女子四十多岁，穿着华丽，神采奕奕。石某呻吟着向她表示感谢。女子走近观察石某一下，对他说："你本来就有病根，现在你的魂魄已经在坟墓边游走了。"石某吓得号啕大哭。女子接着又说："我有一药丸，能起死回生，你若病好了，可别忘了我呀。”石某一听自己还有救，便流着泪向女子发誓。这段时间，女子对他照顾有加，石某感激不尽。一个月之后，石某的病就好了，感恩戴德的石某对待女子犹如对待母亲般尊敬。女子说：“我一个人也是孤苦伶仃，你若不嫌我年纪大，我愿与你结成夫妻。”当时石某三十多岁，妻子死了一年多，听了这话，心中大喜，便欣然同意了。结婚后，女子拿出钱来让他进京谋职，并约定好等他有了官职，就回来接她一同回家。石孝廉到了京城，用钱贿赂官员，当上了本省的司阃。因为有了地位，石某便觉得妻子太老，配不上自己，于是又娶了王氏女做继室。但他心中有愧，又害怕妻子知道，就避开德州，绕道而行。

一年过去了，石某依旧没有联系妻子。正巧石某有个表亲去德州办事，跟女子做了邻居。女子知道了他和石某的关系，就向他打探丈夫的消息，表亲把实际情况全都告诉了她。女子听了大发雷霆，还将自己当初如何救助石某的事情告诉表亲，表亲也替她愤愤不平，安慰她说：“也许是他公务繁忙才没来接你，你写封信给他，我帮你转交。”信是捎去了，可石某根本没放在心上。又过了一年多，女子亲自去找他。来到石某的衙门前，女子请求通报一声，可石某拒不相见。一天，石某正在喝酒，只听外面喧闹声很大。突然女子掀帘进来了。石某吓了一跳，女子把他臭骂一顿。过了好长时间，石某吓得跪地求饶，女子这才消了消气。王氏也赶忙用妹妹的礼节去拜见她，女子对王氏说：“妹妹不要害怕，我不是个爱妒忌的人，他做的事，实在是不近人情。”并把过去发生的事都告诉了王氏，王氏听了也很气愤。当初，妇人还没来的时候，石某就叮嘱看门的，若有女人找来，不要通报。事情发生后，石某便责备看门人。可看门人坚称没有女人进来过，石某觉得奇怪，便开始对女子产生怀疑。住到一起后，女子为人大方，也不争宠。王氏见女子如此，就更加敬重她。

不仅如此，女子还颇有异能。一次，石某丢了官印，大家都无计可施。妇人却告诉他们官印在井里。果然，仆人淘干了井水，官印就在那里。石某一直观察着她的行为，觉得有很多怪异之处，怀疑她并非人类，就一直派人窥探她，却始终没什么发现。一天晚上，石某外出还没回来，两个女人在家开怀畅饮。女子越喝越多，伏在桌上现出原形，变成了一只狐狸。过了一会儿，石某回来了，王氏将此事告诉他，石某便想杀了女子，任王氏怎样劝阻都拦不住。就在石某急忙找刀时，女子醒了，指着石某痛骂一顿，说他忘恩负义，还设法让石某吐出了之前救他命的药丸，那药丸没有任何破损，和之前一模一样。女子拿着药丸，气冲冲地离开了。半夜里石某旧病复发，半年后就死了。

异史氏曰："石孝廉翩翩若书生，或言其折节能下士，语人如恐伤。壮年殂谢，士林悼之。至闻其负狐妇一事，则与李十郎何以少异？"知其一不知其二，文士们只看到他的风度翩翩、他的能屈能伸，所以才会惋惜他壮年离世，殊不知他是恶果自食。对感情不忠，对恩人仇报，如此冷血之人，蒲松龄实在看不下去，便假借狐狸之手，惩罚小人。

男人的海誓山盟有时候就这么不值钱，古往今来，有太多背信弃义的男人。俗话说男人有钱就变坏，一点都没错。石孝廉的感情实在让人难以捉摸，既已"敬之如母"，那感情还会是爱情吗？虽丧偶经年，也不能置别人的情感于不顾。如果不爱她，就不要委屈了自己，再耽误了别人。如果爱，请深爱，若不爱，请离开，这才是对一个女人负责的方式。

男怕入错行，女怕嫁错郎。善良的狐狸精偏偏选择了无耻的负心汉，自己的选择只能自己承受，妇人已经为她的有眼无珠付出了代价，这样的结局是石孝廉该有的惩罚。

委曲未必能求全

——绝地反击的云翠仙

包办的婚姻并非都是不幸的，但被传于街头巷尾的往往是那些不幸的例子。父母之命不可违，自己的心意又不愿违，这便造就了鲁迅和朱安、徐志摩和张幼仪的纠缠恩怨。在孤独中度过了凄苦一生的朱安是不幸的，在一纸离婚书上默默签字的张幼仪是不幸的，难道她们就不曾明白，有的时候，委曲未必能求全？任何时代都是如此。

梁有才，原籍山西，漂泊到济南府做些小买卖，家里无妻无子无田产，独身一人。一天，梁有才去爬泰山，四月份来这里烧香的人特别多。他在叩拜的人群中看到了一名女子，十七八岁，形容靓丽。梁有才动了心，就假装是香客，在离她近的地方跪下，又假装膝盖无力，一俯身去摸她的脚。女子回头瞪了他一眼，向前膝行了几步。梁有才也向前挪动了几步，凑到她身边，又去摸她的脚。女子察觉出梁有才不怀好意，马上站起来走了。梁有才也起身追了出去，却已不见了她的踪影。梁有才失落地往家走，没想到半路上又碰见那女子，正和一个老妇人走在前面，看样子是母女俩，他就偷偷地跟了过去。

老妇人说："这次真心祈祷，一定能得到娘娘的保佑，找个如意郎君，不必非是富家子，能对你好就行。”梁有才一听这话，心中暗喜，渐渐靠近老妇人和她搭话。老妇人自称姓云，女儿叫翠仙，家住离这儿四十里的西山，今天天色已晚，就打算去翠仙的舅舅家住一宿。梁有才说：“刚才听您说找女婿不必很富贵，最重要是人好，我还没有结婚，您看我怎么样？”老妇人转头问翠仙的想法，翠仙不回答。妇人问了好几次，翠仙才说：“他没有福气，又行为轻浮，容易反复无常，我不能嫁给这样的人。”梁有才一听，赶紧表示自己的真诚。老妇人被哄得很高兴，竟然同意了这婚事。

梁有才因此表现得更加殷勤，还出钱雇人来抬她们母女行走山路，自己在后面像仆人似的跟着。等到了翠仙舅舅家，老妇人便邀请他一起进去。老妇人对哥哥嫂子说：“这是我的女婿，今晚就让他们成婚吧。”翠仙不愿意，但又不得不接受。等进了洞房，翠仙对梁有才说：“我知道你是个不义之人，但母命难违，你若好好为人，或许也能白头偕老。”

第二天一早，老妇人让梁有才先回家，过一会儿自己亲自把女儿送去。待老妇人把翠仙送来，进屋一看，顿时傻眼了，真是家徒四壁呀。于是，她赶紧回去为女儿女婿置办东西。第二天，老妇人派人送来了生活用品，还留下一个婢女伺候翠仙。从此，梁有才过上了衣食无忧的日子，但也整天无所事事，和一些无赖在一起喝酒赌博，没钱了还偷妻子的首饰当赌本。翠仙多次劝阻都不起作用，只能像防贼一样防着他。一次，赌友们来找他，偷偷地看见了翠仙，大为感叹：“你有这样美丽的妻子，还怕没有钱吗？你若把她卖到妓院，可得一千两银子，这不就有钱赌博了吗？”梁有才当时没说什么，心里却时常琢磨着。从这之后，梁有才每天都跟翠仙抱怨，说日子穷得没法过了。一天晚上，翠仙打来酒和他对饮，突然间提起卖了婢女来贴补家用，梁有才摇摇头说：“她能值几个钱。”过了一会儿，翠仙竟然提出把自己卖给富贵人家，这样钱肯定能多些。梁有才终于等到这句话，却故作惊讶地说："何以至此！"翠仙一再坚持，梁有才假装拗不过她，说："让我再考虑考虑吧。"其实他心里早已乐开了花。背地里，梁有才偷偷地托人将翠仙卖给了官府妓院。翠仙得知事已至此，便说："从今天起，咱俩的缘尽了，在分开之前，我必须回家告诉母亲一声。"梁有才怕翠仙这一去出现什么枝节，便跟她一起回去。

半夜时分，两人终于到了翠仙娘家。敲门进去，见里面楼房气派，非常华丽。翠仙领梁有才上了楼，老妇人很惊讶："你们怎么来了？"翠仙告诉母亲："我说他是个不义之人，如今果然不错，他竟然把我卖到了妓院。"翠仙越说越气，把梁有才臭骂一顿。她说完后，丫鬟们一拥而上，将梁有才团团包围，连打带骂，替翠仙出气。梁有才被打得号啕大哭，跪地求饶。翠仙终究念及旧情，于心不忍，制止了丫鬟，带着她们下楼了。

过了一会儿，梁有才听着四周静寂，就想偷偷溜走。可抬头一看，只见满天星斗，东方已泛白。房子没有了，灯也没有了，四面一片苍茫，而自己则坐在悬崖边上。梁有才害怕极了，他身子一动，一下掉了下去。幸好半山腰有棵树挡着，才没掉到谷底。第二天，一个樵夫路过这里，才把他救了上来。待梁有才回到家一看，家里一片荒凉，什么都没了。没有办法，梁有才只好卖了破屋，住在洞穴里，在街上乞讨，随身还带着一把刀，用来防备野外的虎狼。后来，他在路上遇到了以前劝他卖掉妻子的人，一气之下，竟用身上的刀把那人杀了。于是他自己也被捕入监，没过多久就死在狱中。

马瑞芳给这个故事起了个有趣的名字，叫"芙蓉花巧斗豺鼠子"，依她之言，"芙蓉花"乃蒲松龄所赐，取自卓文君的典故。"豺鼠子"即"豺狼+老鼠"，指同时具有豺狼的残忍和老鼠的猥琐之男子，精确、生动，深知作者之意。

和《聊斋志异》中的其他故事相比，《云翠仙》的结局不能算一个悲剧，主谋被同谋杀了，最后同谋自己也死了，也算是对受害者有一个交代。这世上坏心眼的人太多，谁都无法知道别人心里在想什么，真心还是假意，好心还是坏心，只能靠我们自己分辨。有些人或许很善于伪装自己，让你无法分辨是非真假。谁没有被骗过呢？可有些事情，孰轻孰重想想便知，这种情况下都能选错，只能说明你自己有问题了。更严重的是“己则非人，而怨逢恶之友”之人，自己的行为不好，还把账赖在了朋友身上，责怪他们出了个馊主意，梁有才式的人太多了。别人说的一切都只是建议，最终的决定权还在自己手中，出了事就把责任都推给出主意的人，不是懦弱是什么？

在这场婚姻闹剧中，最不幸的是翠仙，明明不喜欢，明明知道这个男人靠不住，却只因为母亲的命令妥协了。在那样的时代里，社会、体制将女人牢牢地锁住，她们只能听天由命，像翠仙这样敢于抗争的毕竟是少数。翠仙是狐？是仙？不得而知，但我们知道的是她亲手结束了自己的不幸，这才是最重要的。

女人啊，我们可以为所爱之人奉献一生，但一定要是那个值得的人。如果他不值得，就抛开那些无谓的委曲求全、逆来顺受，自我保护，自我反抗，摆脱不幸才是正确的选择。不幸的生活并不可怕，可怕的是永远生活在不幸中。

家有悍妻

——马介甫怒惩母老虎

但凡听到家庭暴力，大部分人一定会条件反射地感叹女人多么凄苦，似乎女人总是受害者。我一直都不觉得在一段婚姻中，男人会过得多么凄惨，至少不会遭受皮肉之苦，直到看了《马介甫》这篇故事后才知道，竟然还有过得这般惨烈的男人。

杨万石，河北大名府的书生，生平就怕老婆。他的妻子尹氏，极其凶悍。万石的父亲六十多岁了，被却尹氏当作奴隶对待。万石和弟弟万钟只能偷偷地给父亲送些吃的，不敢让尹氏知道。万石四十多岁了还没有儿子，就纳了一房小妾王氏，可两人一天到晚都不敢说一句话。一次，兄弟俩去县城考试，遇到一少年，气质非凡，名叫马介甫。他们三人一见如故，便结拜为兄弟。分别之后，过了大约半年，马介甫忽然带着仆人来到杨家，见门口有一老汉，以为是仆人，就让他去向主人通报。旁人偷偷地告诉他，那是万石的父亲，马介甫大为惊讶。进到杨家，马介甫提出想见见杨父，万石却说父亲病了，不便相见。因为许久未见，三个人促膝长谈，不觉天色已晚。吃过晚饭，万石匆匆忙忙地走了，只留下万钟陪着他。马介甫终于忍耐不住，责备起万钟："以前觉得你们品格高尚，才结为兄弟，可如今你们竟虐待老人。"万钟一听这话，便觉万分委屈，把实情一五一十地告诉了他。尹氏的劣行激怒了马介甫，他决定留下来会一会这个悍妇。为了做好长期作战的准备，万钟悄悄地给他打扫出一间屋子，半夜还送来许多食物。一场对决即将拉开大幕。

马介甫先是把杨父接来一起住，之后，万钟的儿子喜儿也搬了过来，都由他亲自照顾。这可把尹氏气得够呛，她破口大骂，而马介甫全当没听见。王氏怀孕已有五个月，不想被尹氏知道后，遭到了一顿毒打。收拾完王氏，尹氏不解气，便开始羞辱万石。光羞辱还不够，还必须在大庭广众之下羞辱，弄得万石羞愧难当。这时恰好马介甫也在外面，见此情形，怒斥尹氏："去、去！"尹氏顿时像中了邪一般，转身往家跑，裤子和鞋都跑掉了。回到家，尹氏号啕大哭，一家人谁也不敢上前。万石还没从恐惧中恢复过来，等妻子哭完了，才战战兢兢地进屋了。悍妇见到万石，一言不发，突然回屋睡觉了。大家都觉得奇怪，纷纷在背后议论。这话偏偏让尹氏听到，一气之下又去把王氏打得流产。万石极度伤心，来找马介甫哭诉，直到半夜还不回家。尹氏于是大发雷霆，就在这时，一个面目狰狞的巨人突然进来了，后面还跟着几个人，手里都拿着大刀。巨人说自己是阴曹地府来的，专程来取悍妇的心。尹氏越发恐惧，急忙求饶。巨人说："你做的坏事太多了，根本不可饶恕。"正准备下手之时，万石回来了，巨人只好暂且离开。此后，尹氏渐渐收敛了些，数月以来都很安分。马介甫见时机成熟，便告诉万石："其实之前是我为了吓唬她，施了一点点法术，现在你们和好了，我就离开了。"

马介甫走后，尹氏也一直表现得很好。直到有一天晚上，尹氏回忆起见到巨人的情形，特别恐惧。万石想借此机会讨好老婆，没想到说漏了嘴，尹氏听出了破绽，刨根问底，万石只好说出了真相。这下彻底激怒了尹氏，悍妇形象再次回归。她拿起菜刀，追着万石跑，把家里闹得鸡犬不宁，全家人都被吵醒了。尹氏看见公公穿戴整齐地走出来，更加生气，用刀在他身上划了很多下。万钟见此情状，再不能袖手旁观，随手捡起一块石头朝尹氏砸去，尹氏当场昏厥。万钟以为出了人命，为了保父兄无恙，便跳井自杀了。等尹氏醒转过来，听说万钟已死，怒气才渐渐消除。万钟死后，尹氏非逼着弟媳改嫁，只留下喜儿天天受她的虐待。

一天，马介甫突然来了，见到眼前发生的一切，又得知万钟的死讯，既悲伤又愤怒，气冲冲地对万石说："你怎么这么窝囊，这样的人你还不把她休了，你怎么做人啊？"马介甫用尽各种激将法，想让万石鼓起勇气休了尹氏，可都无济于事。马介甫只好掏出了一勺药，名为"丈夫再造散"，让万石服下。片刻之后，万石变得怒火中烧，冲动异常，进屋将尹氏暴打一顿。尹氏跪地求饶，家人费了好大力气才止住他。不大一会儿药劲过了，万石又变得失魂落魄。马介甫嘱咐他说："你可千万别泄气，怕老婆是天长日久养成的毛病。你要是一泄气，就真没办法了。"马介甫离开后，尹氏对万石的态度确实马上改变。可久而久之，尹氏觉得马介甫也就这两下子，没什么可怕，就又恢复了原来的样子。杨父再也忍受不了了，连夜逃到了河南，做了道士。

一年多以后，马介甫又来了，他对万石失望透顶，便带着喜儿扬鞭而去。乡里人也都看不起万石。几年后，万石家遭了一场大火，什么都没了，还因为火势蔓延到邻居家，要负担巨额赔款。家财消耗殆尽，无处栖身。于是万石把小妾卖给了富贵人家，带着尹氏南下。到了河南地界，钱都花光了，尹氏就吵着自己要改嫁，不跟他过了。正好有一个屠夫是光棍，就花了三百吊把尹氏买走了。留下万石一个人以讨饭为生。可没想到，有一天他讨到一个大户人家门口，竟然是喜儿家。在这里，万石见到了老父亲。原来当初是马介甫把喜儿带到这儿，几天后，又外出找到了杨老汉，让他们祖孙团聚。喜儿十五岁考中秀才，转年又考中举人，还结了婚。待一切都步入正轨后，马介甫打算再度离开，祖孙俩却坚持要他留下。马介甫这才说出了实情："我不是人，是狐仙，我的同伴已经等了我很久。"说完他就走了。后来，喜儿花钱赎回了王氏。一家人终于又在一起了。

尹氏和张屠户过了半年，脾气又变得像从前一样。张屠户和万石完全不同，面对尹氏的狂暴，他选择了以暴制暴，对她经常是拳打脚踢。尹氏这才明白了什么叫罪有应得。

一天，喜儿的夫人和王氏到普陀寺烧香，一眼认出了混在人群中的尹氏，还故意羞辱她。一年之后，张屠户死了。一次偶然的机会，尹氏在路上碰见了万石，跪在地上痛哭流涕。回到家后，万石告诉喜儿想和尹氏破镜重圆，喜儿坚决不同意。尹氏被街坊邻居所唾弃，无家可归，便以乞讨为生。万石时不时去庙里看她。喜儿觉得太丢人，暗地里怂恿那群乞丐羞辱万石，万石觉得羞愧，这才和尹氏断了关系。

文中对于尹氏是这样描写的："奇悍，少迕之，辄以鞭挞从事。""悍"已经无法完全表现出尹氏的可怕，必须在前面加个"奇"字，才算是表达精确。对丈夫严格管理，对公公当奴隶对待，对小叔子完全不放在眼里，对丈夫的小妾心狠手辣，对丈夫的朋友恶言相向，对弟妹又打又骂，对侄子连饭都不让吃饱，世间还有几人能做到这种地步？就连马介甫这样专心修道的狐仙都看不下去了，尹氏绝对称得上古今悍妻中的"佼佼者"。

在古文字中，"妻"字像是一个人用手抓住女人的头发，这实际上是古代抢婚习俗的形象反映。抢婚习俗曾经在原始社会特别流行，这种习俗在后来虽然被取消了，但强抢民女为妻的野蛮行为还是时有发生的。在古代，妻既然是被抢来的老婆，其社会地位有多低下也就不言而喻了。而且"妻"在开始并不是男子配偶的通称，《礼记·曲礼下》中记载：“天子之妃曰后，诸侯曰夫人，大夫曰孺人，庶人曰妻。”那时的“妻”只是平民百姓的配偶，是没有身份的，到后来，“妻”才成为所有男子配偶的通称。虽然妻子的地位远远低于丈夫，但人人都希望家有仙妻，就算不是仙妻，至少也是个贤妻。《诗经·小雅·常棣》中写道：“妻子好合，如鼓瑟琴。”丈夫妻子情投意合，恰如琴瑟合奏。那要是“妻子不好合”呢？遭殃的就不只是丈夫了。

尹氏的狠毒自不必说，最让人费解的是杨万石。害怕老婆，也许是天下男人共同的“美德”，但怕到这种程度的也真是“前无古人，后无来者”了。在清朝，想要离婚是有一定条件的，基本沿袭着前代七出、三不去和义绝的原则，但在这样一个重视男权的社会，男子始终占据着主动地位。“七出”指的是不顺父母、无子、淫、妒、恶疾、口舌、窃盗。光是这七出尹氏就占了一半以上，杨万石完全有理由休她好几次，为什么还要忍受她的残暴无理呢？做男人，做老公，最后做成了忍者，就连家里人都受欺负，真搞不懂他到底为了什么而坚持。

其实，人这一辈子，决定你悲欢的就是你身边的几个人，尹氏决定了杨万石今生的悲，马介甫助他实现了今生的欢。万石是幸运的，有狐仙帮他脱离苦海，那你呢？你的悲欢又在哪儿？

四

醒世警世篇

画壁（据清刊本《评注聊斋志异图咏》插图）

新婚姻时代

—— 薛昆生和十娘的艰难爱情故事

从前，在南方长江、汉水一带，民间信奉青蛙神。若是有人触犯了青蛙神，家里就会出现奇怪的征兆，也代表着要有凶事发生。这时人们要赶紧杀猪宰羊，去神祠里祷告，青蛙神一高兴就没事了。

湖北有一美男子叫薛昆生，自幼聪明。六七岁时，有个穿青衣的老太太来到他家，自称是青蛙神的使者，来传达青蛙神的旨意：愿把女儿下嫁给昆生。薛父心里不同意，就以儿子还小推辞掉。几年后，昆生长大了，薛父就和姜家定了亲。青蛙神警告姜家，说昆生是他的女婿，叫他们死了这条心。姜家害怕，就取消了婚约。薛父非常担忧，带上祭品，去神祠中祷告，说自己不敢和神灵做亲家。没想到这番话竟得罪了蛙神，薛父赶紧谢罪，最终只好听从蛙神的安排。

一天，昆生在路上遇到一个使者装扮的人，使者请昆生跟自己走一趟。他们来到了蛙神气派、华美的住处，蛙神叫出了自己那十六七岁、艳丽无比的女儿，对昆生说："这是我女儿十娘，我觉得你俩很般配，但你的父亲因为她不是同类而拒绝了，我想看看你的意思。"昆生目不转睛地看着十娘，甚是喜欢，话都忘了说。蛙神看出这门亲事成了，让昆生先回去，随后就把十娘送去。昆生急忙跑回家，告诉了父亲。父亲不同意，正在两人争吵时，送亲的车已经到了门口。十娘进来拜见公婆，薛父薛母见十娘十分漂亮，也都很喜欢她。当天晚上两人就成了亲。

此后十娘的父母经常降临薛家，给他们带来福气，薛家日渐兴旺起来。可自从结婚以后，薛家到处都是青蛙，家里人没有敢碰它们的。只有昆生，高兴的时候躲着它们，不高兴的时候就用脚踩。十娘虽然温柔谦逊，但很不满意昆生的所作所为。一次十娘忍无可忍，骂了他两句，昆生也生气了，两人竟吵了起来。昆生最后将十娘赶了出去。昆生父母急忙赶来，让他赶紧去追十娘，昆生死活不去。到了晚上，昆生母子都生病了，薛翁害怕，赶紧到神祠中请罪。三天后，昆生母子的病才好，十娘重新回来，夫妻和好如初。

十娘不喜干家务，全都推给薛母做，薛母不高兴，抱怨了几句。这话正好让十娘听见，就去跟薛母理论。薛母辩不过，就伤心地哭起来。昆生看见母亲哭泣，追知原因，又去责备十娘，两人再次争吵起来。昆生一气之下，仍要赶十娘走，十娘也动了怒，自己离开了。第二天薛家就遭了火灾，烧毁了很多房间，这也瞬间点燃了昆生心中的怒火。他跑去神庙，大骂青蛙神，还要放火烧神庙，村民们赶快跑来才阻止了他。也许是昆生的一番话让蛙神反思了自己，到了晚上，蛙神托梦给邻村的人，让他们帮忙重盖女婿家的房子。第二天早上，大家全来帮忙。没几天，昆生家就又焕然一新。刚整理完，十娘也回来了，连忙给婆婆赔礼道歉，对昆生笑脸相迎，全家人化怨为喜，和和气气，连续两年没再闹过别扭。

十娘生性讨厌蛇，一次昆生开玩笑地拿蛇吓她，吓得她大惊失色，怒斥昆生。昆生不但不承认错误，还对她恶语相加。十娘这次是真的伤心了，要和昆生一刀两断，自己离开了薛家。从此便再也没有十娘的消息。

一年多以后，昆生想念十娘，后悔莫及，并偷偷跑到神祠里祈祷十娘能够回来，可依旧杳无音信。后来听说十娘要改嫁给袁家，昆生绝望了，只好开始相亲，可是看了几家都比不上十娘。后来竟相思成疾。昏迷之中，昆生感觉有人抚摸自己，睁眼一看，竟然是十娘。昆生一跃而起，见到十娘似乎什么病都好了。十娘说："我是不忍心舍下你，只好退了袁家的彩礼，回来找你了。父亲都说我傻。"昆生不禁痛哭流涕，家里人都高兴极了。从此昆生变得成熟稳重，夫妻感情也更加深厚。后来，十娘还为昆生生了两个儿子，一家人幸福美满。

十娘绝对算得上那个年代的"女神"，这名号比今天各种"女神"封号要名副其实得多，因为她不仅相貌让人艳羡，而且真的是神灵的后代。就因为他们是神，薛翁自知高攀不上，才一次次地谢绝。我倒觉得昆生和十娘不在一起或许是对的，这样没有感情基础的婚姻真的能幸福长久吗？故事的结局是圆满的，这反倒让我感到了它的虚假。他们以后的生活会是怎样的？矛盾并没有真的解决，问题依然存在，只是被埋得更深，恐怕将来也会伤得更重。如果跳出这个故事，放到真实的生活中，这样的两个人未必会幸福。

门当户对，并不是指物质上的匹配，它更多的是要求价值观和生活方式上的一致。一个人到了结婚的年龄，价值观和生活方式早就形成了，要想改变很不容易。每个人都不是脱离他人的独立个体，两个人的结合就是两个家庭的结合。你嫁给他，就等于嫁给他全部社会关系的总和。他娶了你，就等于娶了你的一切，包括你的社会关系，你的父母，你的优点与缺陷……多数情况下的"不合适"，并不是物质上的不合适，而是观念、性格的不合适，如果两个人在生活方式上南辕北辙，即使真的相爱，又能容忍对方多久呢？所以，心性上的契合才最重要。

封建社会特别讲求"男尊女卑""夫尊妻卑"，到了清朝更是如此。无论你的身份、地位如何，为人妻的本职工作就是相夫教子、侍奉公婆。然而十娘为人妻后，依然保持着高调的姿态，让昆生受了不少窝囊气，作为男人他当然不干，就是在今天，也没有几个男人能忍受得了一个强势的妻子。

婚姻是一门艺术，是沟通的艺术，是包容的艺术，是妥协的艺术。两个人因为爱走到了一起，不管你爱对方的什么。但是爱真的能战胜一切吗？能，只是婚姻会将爱情冲淡，被冲淡的爱要怎样战胜一切？细节打败爱情，当爱情和生活结合在一起，就没有那么多童话故事了。

这或许跟现在年轻人的娇生惯养也有关系。自私自利，任性妄为，不愿包容，不愿妥协，一出现问题就放狠话，拿离婚当杀手锏，都不肯服软的两个人只能以离婚收场。还有一些年轻人遇到问题就向父母诉苦告状，两个人的小问题瞬间升级为两个家庭的大矛盾，一发而不可收拾。

婚姻不是一座围城，让人一味地想要逃脱出来。婚姻应该是一座花园，用爱、用沟通、用协调精心培育出专属自己的爱情之花。

只要你选择了婚姻，不管是神，是鬼，还是人，这些问题一定都存在。收起你的自私与任性，没有人会一直容忍你的任性，迁就你的自私。不要失去了才知道后悔，十娘是神，可以挽回破损的婚姻，而你我只是最最平凡的人。

丑女无敌

——乔女的知己情

《聊斋志异》故事中的美女很多，不是“娟丽无双”，就是“艳而知书”，再就是“风姿韶绝”，要想选出个最美的，还真有点困难。不过，要说那最丑的，就一定非她莫属了，“有女黑丑，壑一鼻，跛一足”，简直让人不忍直视。她就是《乔女》中的女主角，虽然丑得出奇，却也丑得美好、丑得高尚、丑得无敌。

平原县乔生有个女儿，生得又黑又丑，还豁了一边鼻子、坏了一只脚。因而已经二十五六岁了，还没人来说亲。县里有个穆生，四十多岁，妻子死了，穷得没钱再娶，就娶了乔女。三年后乔女生了个儿子，可没多久穆生就死了，穆家家境也就更加萧索。乔女没有办法，只好向母亲求助，可母亲对她厌烦的态度彻底伤了乔女的心。她下定决心再也不回娘家，只靠纺线织布维持生活。

当地有个叫孟生的，妻子去世了，留下一个一岁的孩子叫乌头。因为没人带孩子，孟生急于续弦。媒人向他介绍了不少，可他一个也没看上。一次偶然的机会，孟生见到了乔女，心里十分喜欢，还让人暗地里向她透露了自己的心意，可乔女却拒绝了，她说：“我现在温饱都成问题，若是跟了他自然能过上吃饱穿暖的日子，怎么会不愿意呢？只是我身有残疾，长相丑陋，这些都比不上别人，可以自信的只有品德了，如果我再嫁，就连品德都亏了。”孟生知道她拒绝的原因后更加欣赏她，就派媒人加重礼金去打动她母亲。乔母很高兴，极力劝说女儿，可乔女态度坚决，不改其志。乔母感觉惭愧，便说愿将小女儿嫁过去代替乔女，可孟生却不同意。

过了没多久，孟生得了急病死了，乔女去给他吊丧，极其悲痛。孟生没有亲族，他死后，村里的无赖都来欺负他家，将家里值钱的东西掠夺一空，还打算瓜分孟家的田产，就连他家的仆人都趁火打劫。孟家只剩下一个老太婆和乌头孤苦伶仃。乔女知道此事后，就去找孟生的好友林生帮忙。乔女希望林生能抵御外辱，写一张状纸告到县令那去，而抚养孤儿的事，就由她自己负责。林生二话没说就同意了，可还没等他去做，那些地痞无赖就知道了，他们用刀威胁林生，吓得林生再也不敢出门。乔女见数日没有音信，再去打听，孟家的田产已经被瓜分一空了。

乔女十分气愤，决定自己去找县太爷。可是她的一番言辞激怒了县官，不但问题没解决，还被赶了出来。乔女苦于无处申辩，就跑到官绅家去哭诉。一位乡绅被她的义气所打动，代她到县令那儿说明了事情的始末，帮她追回了那些被侵占的田产。

有的人建议乔女留在孟家，照顾乌头，可她不同意，带着老太婆和乌头回到了自己家。尽管同住一处，乔女却分文不动孟家的财产，乌头和老太婆花孟家的钱，自己还是过以前的穷日子。

过了几年，乌头长大了，乔女聘请老师教他读书，但又不让自己的儿子跟着一起学，为的是不消耗别人的钱来教育自己的孩子，否则会让她心有不安。

又过了几年，她为乌头攒了几百石粮食，为他娶了名门望族的女儿，婚后还让他们回孟家生活。乌头不愿离开乔女，哭着让乔女和他们一起住，乔女只好答应了。但她仍然不肯白吃白喝，亲自替他们管理家业，还让自己的儿子去田里监工。不久，乌头考入县学，乔女又想搬走，乌头不肯，并拿出礼金为穆生的儿子娶亲。乔女让儿子回家去住，乌头知道留不住他，便暗中派人在穆家周围买了百亩田地，然后才送他回去。后来，乔女生病了，临终时嘱咐乌头，一定要将她和穆生合葬。乌头答应了。可等她死后，乌头暗中送了些钱给乔女的儿子，打算把乔女和孟生合葬在一起。等到出殡那天，不知什么原因，乔女的棺材重得三十多个人都抬不动。穆生的儿子突然倒地，七窍流血，还自己骂自己："不孝子，竟然能出卖自己的母亲。"乌头害怕，急忙跪地祈祷，穆生的儿子这才恢复正常。于是出殡只好推迟了几天，直到穆生的墓修好了，才将二人合葬。

乔女的精神着实让人佩服，伟大得似乎不太真实。连异史氏都评价说："为了报答知己而去感恩，就把自己毕生的精力作为回报，这是刚毅的男子汉应该做的。她一个弱女子竟然做出了如此不同寻常的事情。"别说是知己之恩，就是救命之恩也没有几个能做到这般田地吧。有时候还真不能小看弱女子，尤其是长得丑的弱女子。

战国时齐国有个丑女叫钟离春，听到这个名字或许你还想不起来她是谁，但提到她的另外一个名字就一定再熟悉不过了——钟无艳。她绝对称得上丑贯古今，可就是这样一位丑得无以复加的女人，还身负另外一个名号——才女。她饱读诗书，志向远大，为了拯救国家，甘愿冒着被杀头的危险去劝谏齐宣王。钟无艳的一番剖析深入透彻、振聋发聩，使得齐宣王大梦初醒，十分感动，也救齐国于危难之中。后来齐宣王还让钟离春做了自己的皇后，时刻提醒自己的责任。还有为人贤德的黄帝之妻嫫母，通晓事理、沉着大气的许允之妻阮氏，博学多识、勤俭持家、成就了诸葛亮"功盖三分国，名成八阵图"之业的黄阿丑，她们一次次向世人证明了：我很丑，但是我很善良；一点自卑，一点柔弱，可是我从不退缩。其实她们一点都不弱，反而是内心最强大之人。

清朝婚姻制度中规定，男子十六岁、女子十四岁为法定结婚年龄。乔女都二十五岁了还未出嫁，就因为长得丑。终于等到有人愿意娶她了，四十多岁没关系，死了妻子没关系，家里贫困也没关系，要紧的是结婚刚三年，乔女就成了寡妇。更悲惨的还在后面，娘家人竟也置她于不顾。想象一下，一个带着孩子的寡妇，家庭贫困，无依无靠，终于遇到了一个不错的人，可以过上好一点的日子，却为了坚守品德而放弃了机会。虽然人无法嫁给他，可心早已将对方视为了知己。知己的突然离世让她悲痛不已，于是暗下决心，一定要把他留下的孩子照顾好。恪守本分，全心全意，不是亲妈胜似亲妈。等到功成身退之日，坚持回到最初的位置。这就是一个女人一生的心路历程。寒冷的冬夜，疲惫的心灵，在无数个孤枕难眠的日子里，陪伴她的只有心中的信念和无尽的孤独。她做到了，做得无可挑剔。就算死后变成了鬼，也不忘人世间的这段情。

乔女和孟生的情感算是一种精神恋爱，她用一生的辛劳来报答孟生的情意。这份知己情是浓厚的，是纯粹的，在那样一个封建社会，更是难能可贵的。蒲松龄把所有的丑陋外形都附加在乔女身上，又把所有的美好品质都集中在乔女身上，这才是真正的天使。

没有最好只有最适合

——削足适履的姚安

春秋时，晋献公宠爱骊姬，对她言听计从。骊姬想立自己的儿子奚齐为太子，晋献公答应了，还将原来的太子申生杀害。骊姬又担心晋献公的另外两个儿子重耳和夷吾成为奚齐的威胁，便建议将他们二人也杀死。一位正直的大臣知道了此事，提前告诉了重耳和夷吾，才使他们躲过此劫。刘安评论说："听信谗言，父子、兄弟自相残杀，就像是砍去脚趾适应鞋的大小，太不明智。"鞋舒不舒服，只有脚知道。现实生活中，倒也不会真的有人傻到要砍掉脚趾来将就一双鞋。但无论什么东西，如果不适合自己就不要勉强，否则最后受伤的还是你自己。

姚安，临洮县人，长相英俊，而且风流潇洒。同村有一家姓宫的，他家有个女儿叫绿娥，不仅长得漂亮还通晓诗书，却一直没找到心仪的对象。绿娥的母亲跟别人说："无论门第还是容貌，各方面要是都像姚安一样，我才会把女儿嫁给他。"这话无意中被姚安听到，让他产生了邪念。他故意哄骗妻子去井边看看里面有什么东西，趁机把妻子推到井里淹死了。这下姚安就顺理成章地娶了绿娥，婚后两人非常恩爱。

但是，姚安却因为绿娥的美经常怀疑她。绿娥走一步他跟一步。绿娥想回娘家看看，姚安就用两只手撑着袍子，遮盖着绿娥出去；等绿娥上了轿，姚安还要用封条把轿门封上，再做个记号，然后自己偷偷跟在后面。在娘家只住了一宿，姚安便催促绿娥和他一块儿回家。绿娥实在是受不了，生气地说："若我真和别人约会，你以为你这些小伎俩能阻止得了吗？"姚安于是借故外出，将绿娥锁在家里。对于这种行为，绿娥更加厌烦，等他走后，故意另外找把钥匙放在门外，让他疑心。姚安回来看见钥匙，大发雷霆，质问她这钥匙是哪儿来的，绿娥愤愤地说："不知道。"这样一来，姚安疑心更重，看得也就更紧了。一天，姚安从外面回来，悄悄地在门外偷听了好久，才慢慢地开门进去，他担心门发出响声，就只开了条缝，小心地钻了进去。不想进屋之后却看见一个男人戴着貂皮帽子躺在床上，他顿时怒气冲天，操起刀上前就把那人砍死了。可再仔细一看，原来是绿娥在睡觉时因为怕冷，把貂皮帽子盖在了脸上。姚安大惊失色，后悔万分。可事已至此，无法挽回。

绿娥的父亲气愤至极，把姚安告到了官府。官府捉拿了姚安，对他加以重刑。姚安倾家荡产，重金贿赂官府，才免于死罪。但从此他变得精神恍惚。有时候，一个人在家坐着时，他会看见绿娥和别的男人在床上亲热。当他拿刀过去想砍他们的身影时，刚到床边人就不见了，再回去坐着，又能看见。姚安怒不可遏，愤愤地拿起刀，站在床边等候。一会儿，绿娥的身影又出现在他面前并朝他笑。姚安挥刀将绿娥的脑袋砍掉。再一坐下，绿娥却又出现了，还在那儿对着他笑。等到了晚上，姚安就会听见亲热的声音，不堪入耳。每天都是如此，姚安实在承受不了，就卖了房产、土地，打算第二天离开，去别的地方生活。这天晚上，小偷挖墙进来，将他所有的钱都偷走了。从此，姚安穷得再无立锥之地，不久就在气愤悔恨中死去。乡里人则草草地把他埋葬了事。

可悲之人必有可恨之处，这话一点儿没错。姚安的悲惨境地完全是他自己造成的。从他动了邪念想杀妻时起，就注定了他最终的结局。一个人能残忍无情到如此地步，真可以说是喜新厌旧的最高境界了。这也正好为某些图谋不轨的男人们敲响了警钟，做什么事之前先想想后果，某个人、某些事、某段情，真的值得你付出一切吗？“人止知新鬼为厉，而不知故鬼之夺其魄也”，《姚安》就是最好的前车之鉴。旧鬼就是蒲松龄手中的一把利剑，代替他直刺姚安的要害。天作孽，犹可违；自作孽，不可活。

姑且不说是否真会发生这些事，姚安对妻子的不信任也是悲剧酿成的重要原因。夫妻之间信任很重要，连最基本的信任都没有，又怎么让对方真心实意与你共度一生呢？尤其是女人，要是没有能力、没有信心守住一个男人，千万别勉强自己，与其花一辈子时间猜疑和盘算怎样留住这个男人，不如就找一个一辈子都不会走的男人，这样我们才会更幸福。

蒲松龄说：“截趾而适其履，不亡何待！”此乃姚安的致命错误，也正是他所要批判的。即使是再漂亮、再心爱的鞋，没有适合自己尺寸的也只能忍痛割爱。鞋是如此，人更是这个道理。很多人都抱着骑驴找马的心态在找对象，总觉得最好的风景是下一站，反倒忘了内心想要的究竟是什么。这个世界，任何东西都是只有更好没有最好，如果一直有更好的选择出现在你身边，岂不是一辈子都在追求一个虚无缥缈的幻象？最后在寻找中孤寂一生，在追求中落寞一世。不忘初心，方得始终。每个人心中所期待的都不一样，有的人想要轰轰烈烈，有的人想要平平淡淡，有的人想要潇潇洒洒，只有那个对的人才能陪你走过人生的繁华风景。

对于你无法拥有的一切，不要觉得可惜，它们一定另有命定的主人，你也会有你的专属天使。穿上那双最适合你的鞋子，高跟鞋也好，球鞋也罢，让它陪你走过每一个你想去的地方。

做真实的自己

—— 误入“歧”途的朱孝廉

唐高宗仪凤元年（676），当时还在隐居的禅宗六祖慧能来到广州法性寺，恰逢有位印宗禅师正在讲《涅槃经》，当时有两个僧人看到广场上飘扬的幡旗就议论起来。其中一个说是幡动，另一个则说是风动，两人争论不休。这时慧能大师则说：“不是风动，不是幡动，仁者心动。”两人顿时恍然大悟。

人们总是纠结于事物的表象，而忽略了内心真实的想法。幻由心生，说的正是这个道理。一直以来，许多人都在反省自己，责怪自己，却总也找不到迷宫的出口，其实，几百年前的《画壁》就已经给出了答案。

江西人孟龙潭，和朱孝廉寄居京城。一天，他们偶然来到了一座寺庙，寺庙并不是很气派宽敞，只有一位老僧暂住在那里。老僧见有客人进门，便整理衣裳出来迎接，还带领他们参观寺庙。大殿两边的壁画十分精妙，人物也栩栩如生。东边墙壁上画着很多仙女，其中有一个垂着头发的少女，似乎在拈花微笑。朱孝廉定神看了很久，不由得心生涟漪，身子忽然变得轻飘飘的，似乎是在腾云驾雾，转眼间飘到了壁画中。

他看到眼前的重重宫殿，已不是人间的景象。一位老僧正在讲经说法，下面围着的人很多，朱孝廉也混迹其中。

过了一会儿，有人偷偷牵他的衣角。朱孝廉回头一看，竟是画上的那个少女。少女笑着转身离开，朱孝廉在后面跟着她。少女进了一个小房间，他却不敢再向前。直到少女召唤他，他才走了过去。屋里没有人，朱孝廉一下抱住了少女，少女也不太抗拒，于是两人就亲热起来。

亲热完后少女便先行离开，嘱咐他不要出来。到了晚上少女又来了，如此过了两日。少女的女伴们发现了这件事，还开玩笑地取笑少女好久。等姐妹们都走了之后，两人又亲热了起来。

好时光还没结束，忽然听见外面传来铿铿的靴子响声、链锁发出的碰撞声和嘈杂的争辩声。少女很吃惊，赶紧起床向外看，只见一个金甲使者向这边走来，很多女子环绕在他周围。金甲使者正四处查看，好像要搜寻隐藏的人。少女十分恐惧，慌张地对朱孝廉说："你赶紧躲到床下。"于是自己打开墙上的小门，匆忙逃走了。

朱孝廉在床下趴着，气都不敢喘一下，没多久喧闹声远去了，他心里才平缓些。可是外面总是有人走来走去，这让朱孝廉觉得浑身不自在，他觉得自己快要挺不住了，但又只能静静地等着少女回来，一时竟记不起自己是从哪里来的。

当时孟龙潭在殿中，突然不见了朱孝廉，就去问老僧，老僧告诉他："不远，听讲经说法去了。"过了些时候，老僧敲了敲墙壁说："朱施主，去了这么久还不回来吗？"紧接着就看见墙壁上画有朱孝廉的画像，老僧又说："同伴等了很久了。"于是，朱孝廉就飘飘然从墙上下来了，灰心木立，目瞪足软。

孟龙潭大为惊骇，问朱孝廉是怎么回事。原来他正在床下趴着的时候，听到叩墙声如雷，就走出来偷看。大家回过头来看那墙上拿着花的少女，已不再是垂着头发，而是盘起来高高翘起。朱孝廉惊讶地问老僧是怎么回事，老僧笑着说："幻境都是人们自己想象出来的，我又怎么解释得了呢？”朱孝廉说不出话来，神情低落。孟龙潭心里也觉得奇怪，又不知道说什么好。两人就这样起身离开了。

异史氏说：“幻境由人自己产生，这样的话很有道理。人有淫邪的心思，于是产生了猥亵的幻境；人有猥亵的心思，于是产生了恐怖的幻境。菩萨点化愚昧无知的人，千变万化，都是人心自己动的念头罢了。”

幻由人生，老和尚说的这四个字虽然让朱孝廉和孟龙潭摸不着头脑，对我来说却是一语惊醒梦中人。日有所思，夜有所梦，人们经常这样解释自己的梦境。很多事情都是因为人心中的欲望才会产生相应的幻境，走入自己编织的幻境也最容易迷失自我，天堂和地狱只有一念之隔，最难做到的就是面对真实的自己，我想这也是老僧想要告诉我们的吧。

世界上的东西其实没什么不同，不同的只是人们看待问题的角度。你紧张的、在意的东西，在别人眼里可能根本就无关紧要。幻由心生，浮生若梦，其实说的正是人世间的真感情。“花非花，雾非雾。夜半来，天明去。来如春梦几多时，去似朝云无觅处”，大诗人白居易就在是是非非之间体悟到了人生的如梦如幻，凡人的如痴如醉。

人们总是想要的太多，到头来却把自己弄得不快乐。我们执着于什么就会被什么所累，上学的人执着于好工作，工作的人执着于挣大钱，男人执着于娶个好老婆，女人执着于嫁个有钱老公，人一切的烦恼都是自找的，太多的欲望就是太多的负累，到头来只会把自己弄得焦头烂额。

态度决定一切，对外事外物看法的变化，正反映了你内心的变化。无法面对真实的自己，这跟每个人从小的教育有关。小时候幼儿园的阿姨会说看谁做得最好，看谁吃得最快；上学后老师会说谁谁谁是最棒的，某某某得了第一；回家后爸爸妈妈会说谁谁谁就比你强。我们早已经习惯了比赛、比较，也特别容易画地为牢，超越圈子中的人成了你的目标，圈外的人好成什么样都无所谓，这正是所谓的中国式嫉妒。

每个人都容易活在别人的期望里，可我们恰恰不能为了别人的期望而活。真正的成就，往往是建立在单纯的目的上。不要比较，不要总是羡慕别人，看懂世界，看懂你自己才最重要。

当母爱已成往事

——谢中条引狼入室

仓央嘉措曾经写过这样一首诗：

在那东山顶上，
升起了皎洁的月亮。
如母众生的脸庞，
浮现在我的心上。

众生如母，一首感念母亲和母爱的小诗，让他的心里顿时如暖流流过。

母亲应该是那个生命中给你最多爱的人，即使是一个眼神，一个拥抱，一个亲吻，都充满了母爱的光辉。可是世界上还有另外一种母亲，叫作“后妈”。很多时候，一说到后妈，什么坏心肠、恶毒、表里不一等等词语立刻出现在眼前。似乎这两个字加在一起就必然产生化学反应，“妈”的比重变很小，“后”的比重变很大，有些甚至足以用狠毒来形容。

《黎氏》中的男主角名叫谢中条，为人轻浮放荡，三十几岁就死了妻子，留下两个儿子、一个女儿。照顾几个孩子让他苦不堪言，于是就想着要再娶一个，可一直没碰上合适的，就暂且先请了一个佣婆照顾孩子。一天，谢中条在山中闲逛，忽然一个妇人从后面走过来。等妇人走近，谢中条偷偷观察，发觉是个二十多岁长相不错的姑娘，心中甚是喜欢，便上前调戏："娘子一个人走，难道不害怕吗？"妇人不理他，继续前行。谢中条又说："您这么纤细瘦弱，这山路走起来多困难啊。"妇人继续装作没听见。此时，谢中条再也按捺不住，只见四下无人，便起了坏心眼，将她"曳入幽谷，将以强和"。妇人想要挣扎，可是根本挣脱不过谢中条，便说："你放开我，我答应你就是了。"于是两人走进一个僻静的山谷，野合既已，遂相欣爱。

事后，妇人询问谢中条个人情况，谢中条如实回答，又反过来问她。妇人说："我姓黎，不幸很早就守寡，婆婆也去世了，我现在孑然一身，经常回娘家住。"谢中条一听，正合他意："我妻子几年前就去世了，要不你跟我回去吧？"妇人问："你有子女吗？"谢中条实话告诉了她，妇人犹豫了一下说："这就难办了，照顾你我还能行，但是做后妈难啊，我恐怕不能胜任。""这你不必担心，我不说你，别人还能说你什么？"谢中条这样的回答让妇人特别放心，但新的问题又出现了，她说："我家大伯十分凶悍，总是把我当摇钱树，恐怕他不会同意我们在一起的。"谢中条思虑了一下，让妇人同他私奔，可妇人又怕谢家人走漏了风声。谢中条说："这点你放心，我家只有一个佣婆，我辞退她就是了。"妇人这下放了心，就和他一起回去了。

回去后，谢中条先把妇人藏在了外屋，然后赶快解雇了佣婆，欢迎新媳妇进门，两人更加欢好。妇人把这个家打理得井井有条，照顾孩子，特别勤劳。自从两人在一起后，谢中条对她爱护有加，更是谢绝一切客人来往。一个多月以后，谢中条因公事外出，家中便只留下三个孩子和黎氏。等他回来，悲剧发生了。大门紧紧地关着，怎么叫也没人理。待他撞门进去，刚到卧室门口，一匹巨大的恶狼突然破门而出，从他身边蹿到外面，差点没把他吓死。谢中条进去一看，三个孩子都不见了，只剩下三个头颅和一地的鲜血。他返身要去追恶狼，可恶狼早已不知去向。

蒲松龄说："对于这些无行之士，就应该有这样惨重的报应。那些丧妻再娶的，都无异于引狼入室，况且是从行为不检点、完全不了解的人中寻找。"对于这种人，他是看在眼里，恨在心里，恨的是这样没心肝的父亲，恶狼怎么偏偏就放过他了，谢中条才是最该死的那个。了解了作者内心的想法，看的人未免也会带着些愤愤不平吧，只因如此便更能体会作者初创时的心境了。

美女后妈变成狼，表里不一人难防。吃儿吃女最凶恶，琴瑟和鸣梦一场。黎氏对谢中条说过的话中，只有一句最真切，她说："但继母难做，恐不胜诮让也。"确实，后妈难当，好与不好的度最难拿捏。可黎氏的所作所为，已然超越了难与不难的范畴，完全就是个恶毒后妈的典型代表。而接下来谢中条的回答才最让人喷饭，"谢曰：'请毋疑阻。我自不言，人何干与？'"为人父者竟然能说出这种话，也难怪会带回如此心肠歹毒的后母，也难怪后母如此胆大妄为。所以说"士则无行，报亦惨矣"，拥有这样的父亲，也只能自认倒霉了。

一想到母亲，应该让人心生温暖，给人无限正能量，就像那如母石一样，温润洁白，代表着母亲深厚纯净的爱。佛教中有母亲对孩子十大恩情的说法：一曰怀胎守护恩，二曰临产受苦恩，三曰生子忘忧恩，四曰咽苦吐甘恩，五曰回干就湿恩，六曰哺乳养育恩，七曰洗涤不净恩，八曰远行忆念恩，九曰深加体恤恩，十曰究竟怜悯恩。十大恩情便倾注了母亲一生的心血。

后妈是个良心活，虽然不曾经历怀胎守护、临产受苦，虽然与子女之间没有血缘关系，但既然经得住一声妈，就要配得起这份责任。选择一个人，就要爱他的相配，车子、房子、票子是他的相配，孩子也是他的相配，后妈们必须接受，也应该接受。以前觉得，后宫中为了争宠，为了地位不惜牺牲自己孩子的嫔妃，总是让人无法原谅，但如今跟恶毒的后妈比起来，她们反倒有些可怜了。后宫中的女人并非全无缘由地利用孩子，而那些虐待孩子的后妈，就完全是罪不可恕了。我也只能说，后妈易做，母爱难成。

当后妈并不可怕，可怕的是你无法放平自己的心态；当后妈并不可耻，可耻的是你种种残忍的行为。虽然你们只是后天亲人，但不要让亲人变成了仇人。世上只有妈妈好，后妈也是妈，可千万别让这母爱只能成为对往事的回忆。

嫁个有钱人

——姊妹俩的颠倒人生

掖县有个当宰相的毛公，原先家境贫寒，门第低微，他的父亲常常给人家放牛。当时县城里有个姓张的人家，世代为官，在东山的南面新开辟了一块墓地。有人从这里经过，听到墓里面传出很大的怒骂声："你们赶快离开，不要总是混在贵人的宅地。"姓张的听说了此事，起初还不太相信。后来，他在晚上经常做同样一个梦，梦里有人警告他："你家的新坟地，本是毛公的墓地，你们怎么能一直霸占呢？"此后张家还经常发生不吉利的事情，于是张家就把坟迁走了。

一天，毛公的父亲出去放牛，走到这个墓地时，突遇暴雨，就跑到废弃的墓穴中避雨。可是雨越下越大，积水冲进墓穴，把毛公的父亲淹死在了里面。当时毛公还是个孩子，毛公母亲独自一人来张家为丈夫讨要个地方埋葬。张生问死者的姓氏，十分惊讶，再去他出事的地方一看，正好是该放棺材的位置，就答应让毛父葬在这里。葬礼结束，母亲带着毛公来张家致谢。张生看到这个孩子就非常喜欢，便把他留下，教他读书，还提出要把自己的大女儿许配给他。毛母不好推辞，便答应了。可张家的大女儿完全看不起毛家，坚称死也不嫁。等到了迎娶那天，新郎都已经来了，花轿就在外面等着，大女儿依然哭喊着不嫁。无论张生怎样劝说，女儿除了哭还是哭。张生急得要死，二女儿实在看不下去了，也开口劝姐姐，姐姐生气地说："那你怎么不嫁给他？"妹妹说："父亲本来也没把我许配给他，要是把我许配给他，我肯定二话不说就会上轿。"一听这话，父亲便想到让二女儿代替大女儿出嫁，二女儿并不推辞。父母感觉这下有救了，赶紧为二女儿梳妆打扮，匆忙送上花轿。过门之后，夫妻二人恩爱非常。唯一让毛公不满意的是妻子的头发有些稀疏，可后来知道她是替姐姐嫁过来的，心中便充满了感激。

不久之后，毛公考中了秀才，去参加乡试，途中经过王舍人的旅店。头天夜里，店主人做了个梦，梦里有个神仙对他说："明天有个毛解元来，日后会救你于危难，你要善待他。"没想到第二天真的见到了毛公，王舍人大喜，准备了一桌丰盛的酒菜，还把梦里的事情告诉了他。毛公很自负，心中暗想：妻子头发稀少，以后定会被显贵们嘲笑，待我日后富贵了，一定要换个妻子。张榜的时候到了，可毛公竟然榜上无名，他感到心中羞愧，就背着店主绕道回家了。

三年后，毛公再去参加考试，店主人还是像上次那样迎接他。毛公对于上次的事还感到很羞愧，店主人告诉他："是因为你暗想换个妻子，才被阴间除去功名的，不是我的梦不灵验。"店主人又劝解他说："秀才宜自爱，终当做解首。"这次考试，毛公果然考中了第一名举人，而且他夫人的头发也渐渐变多了，容貌因而更加美丽。

另一边，张家大女儿嫁给了同村的一个富户，整天得意扬扬。可她的丈夫举止放荡又好逸恶劳，家境日渐衰落。听说妹妹成了举人妻子，大女儿特别惭愧，就算在路上遇到了妹妹，也赶紧躲开。没过多久，大女儿的丈夫死了，家里因而更加破败。后来，大女儿得知毛公又中了进士，真是追悔莫及，一气之下当了尼姑。等到毛公当了宰相荣归故里时，大女儿派一个女尼到相府拜访，希望得到些恩惠。已经成为相国夫人的二女儿赠给姐姐数匹绸缎，里面还夹了银子。女尼拿回去给师父，大女儿根本没看到里面的钱，于是生气地说："给我点钱，还能买些吃的喝的，这些东西有什么用？"于是让女尼给退了回去。毛公夫妇很疑惑，打开绸缎，发现银子还在，一下就全明白了。毛公笑着说："你师父连一百多两银子都承受不起，哪有福气嫁给我这个相国呢？"说罢从中拿出五十两给女尼说："给多了，怕她福薄，承受不起。"女尼回去后，将事情的经过如实汇报，大女儿一言不发，只是默默叹息。想自己一生把是非颠倒，弃善近恶，也难怪会有今天的结果。后来，店主人因人命案被捕入狱，毛相国尽全力把他救了出来。

故事中的毛相国，其实正是明正德五年（1510）进士、官至首辅、有着"名重当朝，泽被后世"美誉的一代名臣毛纪。毛纪是掖县人，即今天的山东莱州。他为官清廉，颇有政绩。任首辅宰相期间，因为强力反对明世宗不顾先帝的位置，执意要给自己生父以最崇高的地位，而背上了"要结朋奸，背君报私"的嫌疑，遂而辞官还乡。虽然毛纪只做了短短三个月的宰相，却留下了刚正不阿的美名。至今民间都流行着很多关于他的传说，《姊妹易嫁》就是其中一个。但历史上的毛纪以官氏为妻，与张氏姊妹毫不相关。虽然故事情节是假的，但它透露出来的情感却是耐人寻味的。

大女儿誓要嫁个有钱人，一切只向钱看，一个彻头彻尾的穷光蛋又怎么能入她的眼？《大清律例·户律·婚姻》中规定："若许嫁女已报婚书及有私约而辄悔者笞五十，虽无婚书但曾受聘财者亦是。"婚约约定的主要内容之一就是婚嫁日期，期约未至男家不得强娶，期约已至女家不得拖延，若男家强娶或女家故意拖延，主婚人笞四十。张生既已和人家做了约定，当然不能反悔。大女儿态度坚决，以死相逼。二女儿一句“父母之命，即乞丐不敢辞；且何以见毛家郎便终身饿殍死乎”，足以看出她的慧眼识珠和对今后美好生活的信念。有心栽花花不开，无心插柳柳成荫。自认为逃过这一“劫”的大女儿终究还是梦想成真了，嫁了一个有钱人，只不过是一个除了钱什么都没有的败家子。

大女儿傻吗？不，她是太聪明了，颇像《红楼梦》里的凤姐：“机关算尽太聪明，反误了卿卿性命。……一场欢喜忽悲辛。叹人世，终难定！”凤姐的精明能干、阴险狡诈、能说会道、贪婪狠毒，成全了她一生的荣华富贵，也埋下了她难逃的悲惨结局。是她自己作的孽，还是天意使然，或许都有吧。她俩的下场一样，算计来算计去，以为一切尽在掌握中，结果却输了自己。

生活中，像大女儿一样的女人还是很多的，崇尚物质，不想奋斗，就想坐享其成、一步到位。人人都想嫁个有钱人，可毕竟还是普通百姓多。如果你是个积极进取、懂得穷则思变的人，嫁个穷人又何妨？就像《聊斋志异》中的胡四娘，嫁给了贫穷的程孝思，受尽了亲戚朋友的挖苦和嘲讽。但胡四娘并不为逆境所困，她相信以程孝思的才学和努力，贫穷是暂时的，出人头地指日可待。她不只心里相信，还积极地行动起来，激励丈夫用功读书，求得功名。终于，程孝思成功了，胡四娘的付出也得到了回报。

女人不应该只把希望寄托在别人身上，穷无所谓，重要的是有一颗穷则思变的心，只要你们肯一起努力，一起奋斗。穷，不是永远的，富，也不是永远的，看清对方才最重要。

小妾也有春天

——安分守己的邵九娘

妻妾之争，一个遥远而又恐怖的话题。这让我想到了苏童的《妻妾成群》，太太们的明争暗斗，精彩而又可悲，每个人都虎视眈眈，每个人都伤痕累累。在那个允许纳妾的年代，女人无法选择。要么如邢夫人般接受，甚至还帮着贾赦去说媒；要么如王熙凤般战斗，逼得尤二姐只能吞金自杀。难道就没有一个更好的方式吗？当然有，《邵九娘》就是蒲老先生给我们的最好答案。她用一颗最善良、最本分、最贤德的心让不可能变成了可能。

柴廷宾的妻子金氏，自己不能生育还特别爱嫉妒，经常表面一套，背地一套，前后害死了柴廷宾的两个小妾。柴廷宾终于看清了妻子的险恶用心，再也不相信她的信誓旦旦，决定从此和妻子断绝关系。于是柴廷宾暗中在外面另盖了一栋房子，准备再娶个妾。

半年过去了，柴廷宾仍然没找到合适的人。有一天，在朋友的葬礼上，柴廷宾遇到了一个十六七岁的少女，光艳夺目，令柴廷宾心驰神往。故事的女主人公终于出现了。女孩姓邵，家里很穷，但她从小就聪慧过人、过目不忘，喜欢看医学和相面的书。上门提亲的人不少，但是她一个都没看上。柴廷宾知道这门亲事不易成功，便准备了很多彩礼，希望能打动她的心。但找了好几个媒婆，没有一个敢去说亲的，柴廷宾也就觉得心灰意冷了。

有一天，一个姓贾的媒婆从柴廷宾家门前经过。柴廷宾觉得机会又来了，便出高价请贾媒婆去邵家提亲。这个贾媒婆也是个贪财的人，满口答应下来。贾媒婆来到邵家，旁敲侧击地说出这门亲事，还故意说柴廷宾是癞蛤蟆想吃天鹅肉，邵母只是笑笑，不说话，气氛有些尴尬。过了一会儿，邵母起身到后堂，不知和丈夫、女儿在商量什么。一会儿，他们三人出来了，邵母对媒婆说："这孩子真奇怪，多少好人家都不同意，做人家的小妾反倒愿意了。"邵女自己说："我自知命不好，再嫁个好人家一定会损寿，受点折磨也是福气。"贾媒婆赶紧把这一喜讯告诉柴廷宾，柴廷宾喜出望外，立刻下重金礼聘，把邵女接到新盖的那处房子。这件事，除了金氏，全家上下都知道，可谁也不敢多言。待安顿下来，邵女还劝柴廷宾搬回去住，可柴廷宾始终不愿意。

一天，邵女趁丈夫有事不在家，自己穿上朴素的衣服，带着一个老仆人去了金氏的住所，还把整个事情告诉了金氏。金氏气得不行，再一想邵女态度谦卑，又主动来示好，就先消了些气。尽管她心里不是滋味，还是让婢女收拾出一间房，让邵女先住下了。

柴廷宾回来后，听说邵女回去了金氏那里，担心得不得了，急忙去找她。进了门，家里特别安静，柴廷宾这才放了心。邵女一看丈夫来了，赶紧从中斡旋，化解了他和金氏的矛盾，夫妻重新和睦。而邵女自己也做得无可挑剔：每天早上都来给金氏请安，像丫鬟一样侍候金氏，对柴廷宾也是十天半个月才留他住一宿。时间长了，金氏也觉得邵女特别贤惠守礼，可自己明显不如她，慢慢地由惭愧竟变成了嫉恨。但金氏始终抓不到她的把柄，也就暂时无可奈何。

一天晚上金氏和丈夫生气了，早上起来气还没消，恰巧邵氏不小心把她梳头的镜子打碎了，金氏借此对她又打又骂。柴廷宾实在忍无可忍，抢过鞭子抽了金氏一顿，从此两人就又像仇人一样。柴廷宾告诉邵氏不许再去金氏屋里，可邵氏不听，第二天一大早，又跑去伺候金氏。对于这种行为，金氏不但没原谅邵氏，反倒更加恨她。一次，一个丫鬟和柴廷宾偶然说了句话，金氏就认为他俩有私情，狠狠地打了她。从此这个丫鬟便怀恨在心，趁她当班的夜里，想去杀了金氏。可她的心思偏偏让邵氏看出来了，金氏因此保住了小命，婢女也被卖到了大户人家做小妾。可事情还没结束，后来金氏发现丫鬟被卖了，还为此而大发雷霆。柴廷宾只好把丫鬟要杀她的事说了出来，金氏大吃一惊，对邵氏的态度也转变了很多，可心里却在埋怨她为什么不早说。

金氏趁丈夫出远门，又开始虐待邵氏，她用烧红的烙铁烙邵氏的脸，还用针扎邵氏的肋骨。等柴廷宾回来后，看到邵氏脸上的伤，问清缘由，便怒气冲冲地去找金氏算账。而这一次，柴廷宾又被拦住了。邵氏动之以情、晓之以理地劝说他，还说只要自己耐心忍着，早晚都会好的。没过几天，邵氏的伤好了，便一如既往地侍候金氏。经过这次事情，金氏稍有悔意，对邵氏也好了一些。一个月后，金氏忽然得了怪病，肚子胀得特别大，根本下不来床。邵女却对她照顾有加，还说自己略懂医术，但金氏怕她报复自己，于是婉言拒绝。可是大夫换了一个又一个，金氏的病却一直没有好转，反倒越来越严重。没有办法，邵氏就自己偷偷换了药方。果然，不到一顿饭的工夫，金氏泻了三次，病很快就好了。后来，金氏知道是邵氏救了自己，感激得不得了。

从此以后，两人的关系彻底改变了，同吃同住，感情赛过亲姐妹。不久邵氏生了个男孩，产后多病，金氏对她照顾得无微不至。没过几天，金氏又得了心口疼的病，邵氏便替她针灸治疗。一天晚上，金氏做梦来到一个庙宇，里面的神仙对她说："你罪孽太深，之前杀了两个丫鬟，这是有冤必报。可邵女的债你还没还清，还有一烙铁和二十三针，今天你才还了三针，明天还会犯病。”第二天吃过早饭，金氏果然又犯病了，而且疼得更厉害。邵氏说：“看来要用烧红的针扎，把穴位烧烂了才能根治啊。”金氏突然想到了昨天晚上的梦，就把梦里的内容都告诉了邵氏，邵女便照着穴位扎满了二十针。从此，金氏的身体完全康复，这个怪病也再没复发过。

邵女的儿子名叫柴俊，聪慧过人，十五岁就中了进士，对父母都很孝顺。一家人的生活幸福美满，其乐融融。

正妻气势旺，委实让邵氏吃了不少苦头，这几乎也是每个小妾不可逃脱的命运。《说文解字》中写“妻，妇与夫齐者也”，在古代，妻就是妻，妾就是妾，不可相提并论。妻是应父母之命媒妁之言，明媒正娶过来的，结婚时需要“十里红妆”的迎亲队伍，女子穿大红嫁衣，新郎披红挂彩乘马亲自迎亲。纳妾相对来说就简单多了，只要一个小轿子，由侧门入男方家，没有迎亲，聘礼很少，一般也没有嫁妆。妻为正，妾为副，妻为主，妾为仆，妻对妾有绝对的指挥权。对于妾，丈夫可随意处置，打骂、遣逐，甚至将其杀害，《大清律例》也只是“杖一百，徒三年”的处罚。妻同样也可以使唤妾、打骂妾，而妾不得侵犯妻子，妾犯妻与妾犯夫同罪。妻子死后，妾也不能升为妻，否则就是违法行为，男方必须重新聘娶妻子。而所有的子女，无论嫡出庶出，都要认正妻为母。对于自己的生母，则可认可不认。妾甚至在死后，也不能与妻平等，妻可以与夫同椁，妾则没有这个权利。

这样看来，邵氏的处境就一目了然了，金氏的一切残暴行为也就有了依据。在金氏自己营造的争斗中，败的不是妻，是嚣张跋扈的气焰；胜的不是妾，是安分守己的态度。猜疑嫉妒是女人的天性，女人一旦嫉妒起来是很可怕的，所以《聊斋志异》中的男人大都倾心于鬼狐，至少她们温柔可人。而很多小妾就爱在这愤怒之火上添油加醋，逞一时之勇，只怕哪句话气不到大老婆。最后口舌之争只会换来皮肉之苦。与前两个香消玉殒的丫鬟相比，邵氏就明显厉害得多。她们只能化作厉鬼来找金氏算生前未了的账，邵氏却用自己的善良行为征服了她。她最厉害的地方就是安分守己，“以命自安，以分自守，百折而不移其志”，知道自己的本分，以德报怨，让对方心服口服，此乃明智之举。

安分守己不仅仅应该用在这儿，现实生活里的我们也要学会安于本分，严守做人的分寸，扮演好自己的角色。《大学》中有：“为人君，止于仁；为人臣，止于敬；为人子，止于孝；为人父，止于慈。”说的就是做人的分寸，静下心来，做自己该做的事。

儒家讲求中庸之道，放之四海而皆准。中庸之道的第三层意思就是人要坚守自己的岗位，自己是什么就做什么，在其位谋其政，任其职尽其责。拥有一颗安分守己的心，其实并不容易。

图书在版编目（CIP）数据

人鬼情未了：《聊斋志异》的爱情故事／严晓宇著．— 郑州：海燕出版社，2015.1（2017.6 重印）
（华夏文库．经典解读系列）
ISBN 978-7-5350-6119-5

Ⅰ．①人… Ⅱ．①严… Ⅲ．①《聊斋志异》－小说研究
Ⅳ．①I207.419

中国版本图书馆 CIP 数据核字（2014）第 285385 号

华夏文库 经典解读系列

人鬼情未了

——《聊斋志异》的爱情故事

严晓宇 著

出版发行：海燕出版社
（郑州市北林路 16 号 450008）
发行热线：0371-65734522
经 销：全国新华书店
印 刷：恒美印务（广州）有限公司
开 本：635 毫米 ×965 毫米 1/16
印 张：9 印张
字 数：110 千字
版 次：2015 年 1 月第 1 版
印 次：2017 年 6 月第 4 次印刷
定 价：16.00 元